U0114066

設計幾何學
發現黃金比例的永恆之美

Geometry of Design:
Studies in Proportion and Composition

金柏麗・伊蘭姆
Kimberly Elam

積木文化

國家圖書館出版品預行編目資料

設計幾何學──發現黃金比例的永恆之美／金柏麗·伊蘭姆
（Kimberly Elam）著：
吳國慶譯.──初版.──台北市：積木文化出版；
家庭傳媒城邦分公司發行,民97.11；112面；17*23公分
參考書目：1面 含索引
譯自：Geometry of Design：Studies in Proportion and
　　　 Composition
ISBN：978-986-6595-11-0（平裝）
1.設計2.黃金比例3.幾何4.現代藝術
960.1　　　　　　　　　　　　　　　　　　　　　97020475

deSIGN 14
設計幾何學 — 發現黃金比例的永恆之美

原著書名／Geometry of Design：Studies in Proportion and
　　　　　 Composition
作　　者／金柏麗·伊蘭姆（Kimberly Elam）
譯　　者／吳國慶
主　　編／劉美欽
責任編輯／李嘉琪

發 行 人／涂玉雲
總 編 輯／蔣豐雯
版　　權／李筱婷
副總編輯／劉美欽
業務主任／郭文龍
行銷企劃／黃明雪
法律顧問／台英國際商務法律事務所　羅明通律師
出　　版／積木文化
　　　　　台北市100信義路二段213號11樓
　　　　　官方部落格：http://cubepress.pixnet.net/blog
　　　　　電話：(02)23560933　　傳真：(02)23979992
　　　　　讀者服務信箱：service_cube@hmg.com.tw
發　　行／英屬蓋曼群島商家庭傳媒股份有限公司城邦分公司
　　　　　台北市民生東路二段141號2樓
　　　　　讀者服務專線：(02)25007718-9
　　　　　24小時傳真專線：(02)25001990-1
　　　　　服務時間：週一至週五
　　　　　上午09:30-12:00、下午13:30-17:00
　　　　　郵撥：19863813　戶名：書虫股份有限公司
　　　　　網站：城邦讀書花園　網址：www.cite.com.tw
香港發行所／城邦（香港）出版集團有限公司
　　　　　香港灣仔駱克道193號東超商業中心1樓
　　　　　電話：852-25086231　　傳真：852-25789337
　　　　　電子信箱：hkcite@biznetvigator.com

馬新發行所／城邦（馬新）出版集團
Cité (M) Sdn. Bhd. (458372U)
11, Jalan 30D/146, Desa Tasik, Sungai Besi,
57000 Kuala Lumpur, Malaysia.
電話：603-90563833　　傳真：603-90562833
電子信箱：citecite@streamyx.com

封面設計／徐鈺雯
內頁編排／劉靜慧
製　　版／上晴彩色印刷製版有限公司
印　　刷／詮美印刷事業股份有限公司

城邦讀書花園
www.cite.com.tw

2008年（民97）12月5日初版　　　　　Printed in Taiwan.

First published in the United States by
Princeton Architectural Press

ALL RIGHTS RESERVED.
版權所有·翻印必究

售價／380元
ISBN：978-986-6595-11-0（平裝）

目錄

導言

杜勒（Albrecht Dürer）

《字母的正確造型》（Of the Just Shaping of Letters），1535 年

「……再沒有比一張缺乏技術性知識的繪畫更令人生厭的了。即使這些畫家非常努力也沒用，他們從未意識到發生這類錯誤的主因，其實是自己沒學好「幾何學」。少了它，你便無法成為一位真正的藝術家。不過，這當然也要怪他們的老師，忽視了藝術的根本。」

畢爾（Max Bill）

《當代印刷通訊》（Typographic Communications Today），1989 年，節錄自畢爾 1949 年專訪

「我認為完全以數學思考為基礎來發展某項藝術，是確切可行的事。」

柯比意（Le Corbusier）

《邁向新建築》（Towards A New Architecture），1931 年

「幾何學是人類的共通語言……因為人類發現了『韻律』這件事。韻律在我們的視覺呈現上顯而易見，視覺和韻律有著很明確的關連性。韻律深植於人類各種活動中，而我們也以有機體的必然性來理解它們。正因如此純粹的必然性，使得兒童、老人、未開化者及受過教育的人們，都能不分貴賤地描摹出黃金分割的圖形。」

約瑟夫‧慕勒‧布洛克曼

（Josef Müller-Brockmann）

《圖像藝術家與他的設計難題》（The Graphic Artist and His Design Problems），1968 年

「……正統設計元素的比例及各元素間的距離關係，多依數學級數的邏輯概念而決定。」

身為專業設計師與教育家，我經常看見許多極佳的設計概念，掙扎於具體成形的過程中無法實現，其中大部分肇因於這些設計師不瞭解「幾何構圖」的視覺原理，包括對古典比例體系的理解，例如黃金分割（golden section）與根號矩形（Root Rectangle）、形體比值與比例、構圖形式與各種校準線的相互關係等。本書將清楚解釋幾何構圖的視覺原理，並列舉大量的專業海報、產品、建築作品來說明這些原理的運用方式。

我之所以會挑選這些作品進行分析，是由於它們歷經時間的考驗，已經成為設計史上的經典，具有一定的意義。本書作品按創作年代排列，除了

受到當時的「設計風格」與「技術層面」影響而樣貌多元，甚至在表現形式上也各有殊異。例如有些是小型平面設計作品，有些則是大型建築。不過若以幾何學的眼光審視，不論是構圖或結構，都存在著明顯的相似程度。

《設計幾何學》的撰寫初衷，並非企圖以幾何學的原理將美學量化，而是希望藉由設計過程的觀察，揭示一種生命本質的基礎，也就是在比例、成長模式等多方面所出現類似數學幾何的「視覺關連」，而通過這種觀察，也讓所有的藝術家或設計師，發現「自己」與「作品」的真正價值。

金柏麗‧伊蘭姆（Kimberly Elam）

鈴林藝術設計學院

（Ringling School of Art and Design）

2001年春

認知比例的偏好

就人工環境與自然界的發展背景來看，人類對「黃金分割比例」（golden section proportions）的認知偏好早已見諸史冊。某些比例為 1:1.618 的黃金分割矩形，頻繁出現於西元前十六世紀至西元前十二世紀間，例如英國復活節島的巨石像群便是顯著的例子。更近一點的歷史，如西元前五世紀的藝術作品與古希臘建築，或我們熟悉的文藝復興時期，藝術家與建築師也已經開始研究、推演黃金分割比例，並將之運用於精美的雕刻作品、繪畫與建築領域。除了人類作品，我們更觀察到人體的身材比例與成長模式或自然界中活生生的動植物、昆蟲，它們身上也存在著黃金分割比例。

矩形比例偏好表

比例：

寬/長	最喜歡的矩形 %費希納實驗	%拉羅實驗	最不喜歡的矩形 %費希納實驗	%拉羅實驗	
1:1	3.0	11.7	27.8	22.5	正方形
5:6	0.2	1.0	19.7	16.6	
4:5	2.0	1.3	9.4	9.1	
3:4	2.5	9.5	2.5	9.1	
7:10	7.7	5.6	1.2	2.5	
2:3	20.6	11.0	0.4	0.6	
5:8	35.0	30.3	0.0	0.0	黃金分割比例
13:23	20.0	6.3	0.8	0.6	
1:2	7.5	8.0	2.5	12.5	正方形的一倍
2:5	1.5	15.3	35.7	26.6	
Totals:	100.0	100.0	100.0	100.1	

1:1
正方形

5:6

4:5

3:4

7:10

一直對黃金分割感到好奇的德國心理學家費希納（Gustav Fechner，1801-1887），在十九世紀晚期開始研究人類對於黃金分割矩形的特殊反應，結果他觀察到，不同文化的建築對於黃金分割矩形，竟有著相同的美感偏好。

費希納將實驗範圍限制在人工環境，他著手丈量數以千計的矩形物件，例如書本、箱子、建築物、火柴、報紙等……。他發現所有矩形的平均值接近1:1.618，也就是眾所皆知的黃金分割，而且多數人所偏好的矩形比例都接近黃金分割。費希納這項非正式的實驗，由拉羅（Édouard Lalo，1823-1892）在1908年以較為科學的方法重新實驗，其結果仍是令人驚訝地相似。

矩形偏好比較表

1876年費希納實驗最佳矩形偏好曲線 ●
1908年拉羅實驗最佳矩形偏好曲線 ■

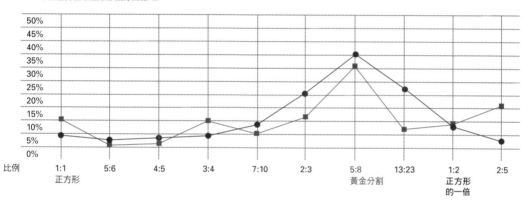

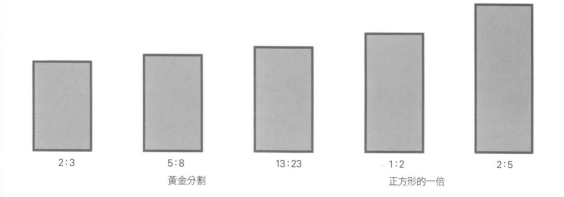

| 2:3 | 5:8 | 13:23 | 1:2 | 2:5 |
| | 黃金分割 | | 正方形的一倍 | |

7

自然界的比例

「黃金分割的特色是它產生了一種『協調』的特殊效果，亦即它能將不同組成元素結合為一個整體，而每個組成元素又能保持各自的獨立完整性，並繼續衍生出更大的完整個體。」──喬季・達茲（György Doczi）《極限的力量》（*The Power of Limits*），1994 年。

對黃金分割的偏好情形，並不只侷限在人類美學的概念中，值得我們注意的是，黃金分割也出現在生物界裡，例如動植物「生長方式」的比例中。

貝類螺旋外殼產生漸變的生長紋路，早成為許多科學與藝術研究的主題。事實上，貝類的生長螺紋完全符合黃金分割比例的對數螺旋，而這正是我們熟知的完美生長模式。

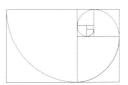

黃金分割矩形與由其延伸的曲線所繪出的黃金分割螺紋結構。

鸚鵡螺的體腔
鸚鵡螺成長螺紋的交錯區塊。

大西洋輪螺（Atlantic Sundial Shell）
螺旋的生長紋路。

月光蝸牛（Moon Snail）
螺旋的生長紋路。

庫克（Theodore Andreas Cook）在其著作《生命的曲線》（The Curves of Life）中把這些生物的生長紋路描寫為「不可或缺的生命歷程」，因為螺類的每個成長階段皆由螺紋刻畫出來，而新生螺紋的比例，極接近由黃金分割所延伸而來、比前一個更大的正方形。事實上，鸚鵡螺或其他螺類的生長紋路，並非完全符合精確的黃金分割比例，應該說：生物的生長紋路比例會非常接近，但絕非剛好是黃金分割比例。

以鳳凰螺科的外殼螺紋檢視其生長紋路與黃金分割比例的關連性。

五邊形或五角星形也常具黃金分割比例，這也可以在許多生物身上得證，沙海膽就是一例。它的五邊形內可細分出五角星形，兩者任一線段的比例均為1:1.618的黃金比例。

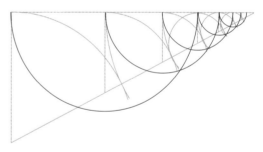

五邊形紋路

五邊形或五角星形同樣具有黃金分割比例，五角星邊上三角形的長邊與底邊比值為1:1.618。這種反映黃金比例的五邊形與五角星形，也可以在沙海膽或雪花上找到。

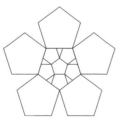

松果的生長螺紋與向日葵的生長螺紋極為相似，每個種子都是沿著兩條對向的交錯螺紋生長，所有種子都從屬於這兩組交錯螺紋中。若我們檢視這些螺紋，會發現有8道螺紋是順時針方向，而有13道螺紋是逆時針方向，13：8相當接近黃金分割比例。同理，將檢視對象換成向日葵，則會發現向日葵有21道螺紋是順時針方向，而有34道螺紋是逆時針方向，34：21的比值同樣趨近於黃金分割比例。

松果螺紋所發現的8與13兩個數字，以及向日葵所具有的21與34兩個數字，正巧是數學程式裡「費氏數列」（Fibonacci Sequence）中兩兩相鄰的數字。費氏數列裡的每個數字是由前面兩個數字相加而得：0, 1, 1, 2, 3, 5, 8, 13, 21, 34, 55……。此數列裡兩相鄰數字的比值，會逐漸接近黃金分割比例，亦即1：1.618。

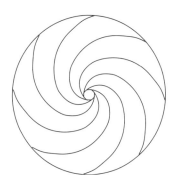 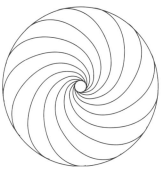 

松果的生長螺紋

松果的每個種子都從屬於兩組交錯螺紋中，有8道順時針方向的螺紋，13道逆時針方向的螺紋。8：13的比值為1：1.625，趨近1：1.618的黃金比例。

向日葵的生長螺紋

如同松果一般，向日葵的種子也從屬於兩組交錯的螺紋中，其中有21道螺紋是順時針方向，而有34道螺紋是逆時針方向，21：34的比為1：1.619，亦接近於1：1.618的黃金比例。

許多魚類身體比例與黃金分割也有密切關連。置於虹鱒（Rainbow Trout）身上的三個黃金分割矩形結構圖表，展示了虹鱒的眼睛與尾鰭在相對位置上，與「二次黃金分割矩形」與正方形的關連（下圖）。尤有甚者，虹鱒的尾鰭亦有某種黃金分割比例。此外，熱帶魚種藍神仙（Blue Angelfish），則可完整置入黃金分割矩形中，魚嘴與魚鰓恰好位在魚體高度的「二次黃金分割」（reciprocal golden section）線上。

或許人們對於自然環境與生物的熱愛，例如對貝殼、花朵、魚類的興趣，是由於我們在潛意識中不自覺地偏好黃金分割的比例、形狀與紋路吧！

註：將黃金分割矩形切割為正方形加上一相對較小的黃金分割矩形，稱作「二次黃金分割」，黃金分割矩形可依此作法無限細分。

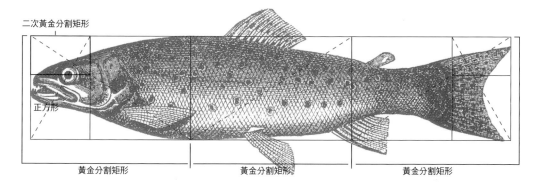

二次黃金分割矩形

正方形

黃金分割矩形　　　　　　黃金分割矩形　　　　　　黃金分割矩形

鱒魚的黃金分割解析
鱒魚的魚身接近三個黃金分割矩形的組合，魚眼的位置恰在二次黃金矩形分割線上，尾鰭也可由二次黃金分割矩形推論交叉的位置。

藍神仙的黃金分割解析
整個魚身可完整置入黃金分割矩形中，魚嘴與魚鰓恰位於二次黃金矩形分割線上。

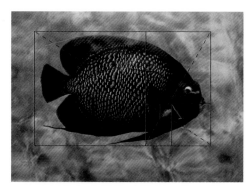

古典雕塑裡的人體比例

如同許多動植物共有的黃金分割比例，人類當然也如此。或許我們偏好黃金分割有另一原因是，在人類的臉部與身體一樣可以找到與其他萬物相應的這種數學比例關係。

早期流傳有關人體比例或建築結構的相關研究，是由古希臘人瑪可士・維楚維斯・波立歐（Marcus Vitruvius Pollio）所進行的調查，他同時具備學者與建築師的雙重身分，後人多以維楚維斯稱之。維楚維斯主張，神廟建築應該依循人體的完美比例，讓建築的各部組件彼此和諧共存，他所

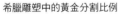

希臘雕塑中的黃金分割比例

左圖為「多立普羅斯／持矛者」雕塑（Doryphoros, the Spear Bearer），右圖為希臘近海阿特米遜角（Cape Artemision）所撈起的「宙斯雕像」（Statue of Zeus）。我們可以由描圖紙上分布斜虛線的矩形，看出他們各自所擁有的黃金分割矩形；而多重的黃金分割矩形共享這些斜虛線，兩者都是非常理想的人體比例。

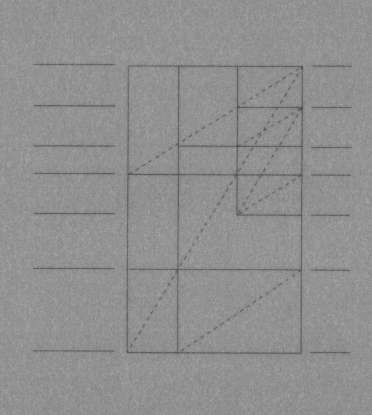

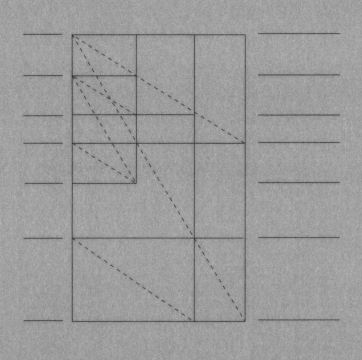

定義的完美比例，亦即人體高度應等於雙臂伸展開來的長度。如此一來，人體的高度與雙臂伸展開來的長度，恰好可被一個正方形包圍起來。同時，人的手與腳，剛好可以碰到以肚臍為圓心所展開的圓周。

以這種分析角度，我們以肚臍為圓心所展開的圓周裡，人體恰由鼠蹊處一分為二。持矛者與宙斯像都是西元前五世紀的雕塑作品，雖然兩者是由不同的雕刻家創作，然而持矛者與宙斯像的形塑比例卻表現的相當一致，很明顯地都是依循了維楚維斯的理論準則。

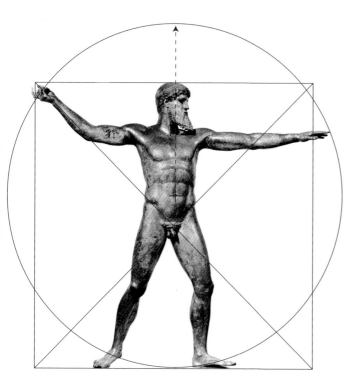

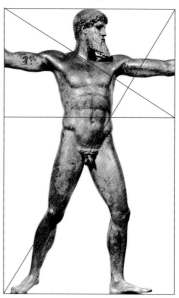

根據維楚維斯準則分析宙斯像
單一正方形恰可完整包圍人體，手與腳剛好碰到以肚臍為圓心所展開的圓周。人體外型則由鼠蹊處一分為二，並於肚臍處形成黃金分割。（右圖）

古典繪畫裡的人體比例

西元十五世紀晚期至十六世紀初，維楚維斯準則被文藝復興時期的達文西（Leonardo da Vinci，1452-1519）與杜勒（Albrecht Dürer，1471-1528）所運用，兩人都是信奉人體比例的學者。杜勒實驗了一系列的人體比例，並在其著作《人體比例四書》（*Four Books on Human Proportion*，1528）中加以描繪。達文西的人體比例圖則出現在數學家好友路卡・佩其歐里（Luca Pacioli，1446-1517）的著作《神聖比例》（*Divina Proportione*，1509）一書中。個別來説，達文西與杜勒所繪的人體圖都符合維楚維斯的比例原則，而更進一步比較兩者，會發現兩者比例幾乎相同，唯一明顯不同處，在於他們的臉部比例。

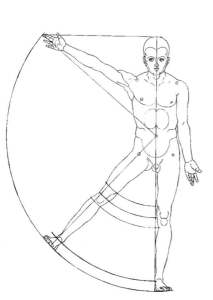

杜勒「人體內接於圓形中」（Man Inscribed in a Circle），1521年後所繪。

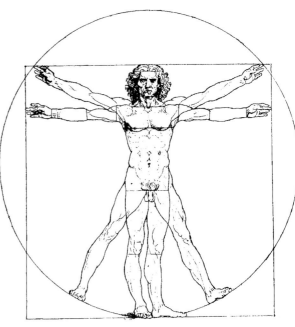

達文西「圓形中的人體」（Human Figure in a Circle）比例插圖，創作於1485-1490年間。

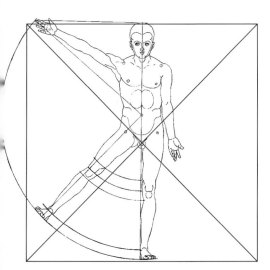

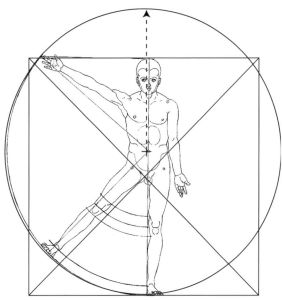

將維楚維斯的比例原則套用於杜勒的「人體內接於圓
形中」
一個正方形恰可完整包圍人體，手與腳剛好碰到以肚臍
為圓心展開的圓周。人體則由鼠蹊處一分為二，並於肚臍
處形成黃金分割。（右下圖）

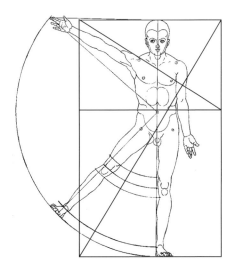

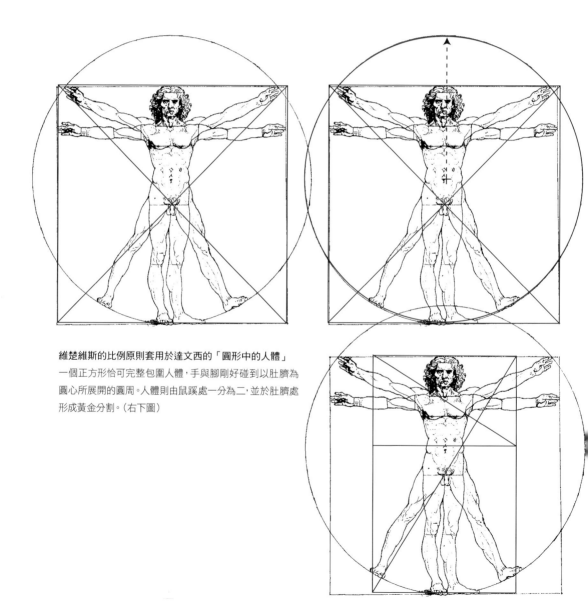

維楚維斯的比例原則套用於達文西的「圓形中的人體」
一個正方形恰可完整包圍人體，手與腳剛好碰到以肚臍為
圓心所展開的圓周。人體則由鼠蹊處一分為二，並於肚臍處
形成黃金分割。（右下圖）

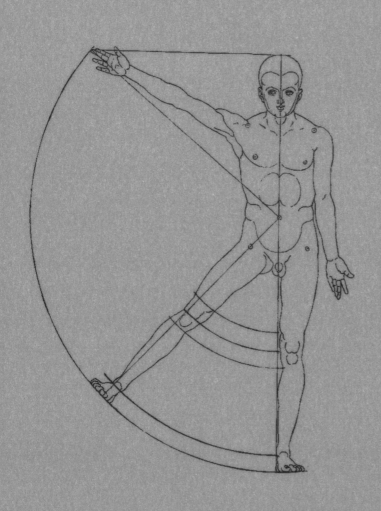

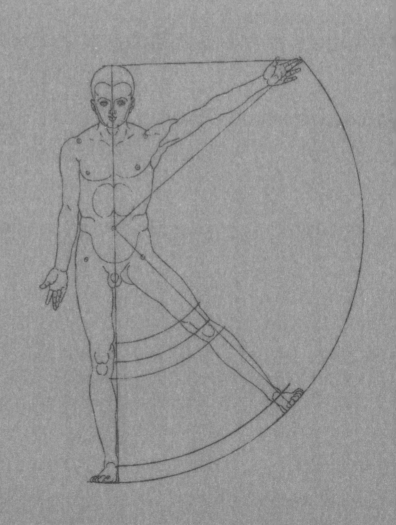

杜勒（左／紅色）與達文
西（右／灰色）兩者繪圖
比例的比較
杜勒與達文西兩者的繪圖比
例幾乎相同。

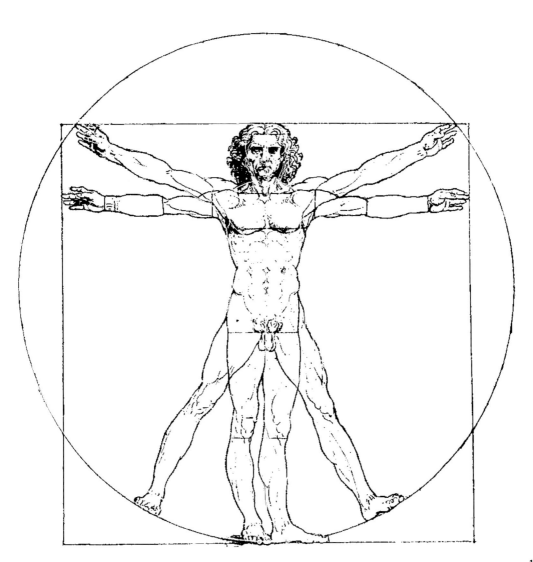

臉部比例（facial proportions）

維楚維斯的比例準則不只能運用於人體，也能運用在臉部。例如一些希臘羅馬時期雕塑的臉部五官位置，多依此準則分布。

然而，就杜勒與達文西的作品來看，雖然兩者都以維楚維斯準則繪製人體比例，但在臉部比例的掌握上，卻有著巧妙的不同。達文西對臉部比例

的掌握，大體反映了維楚維斯準則，這可以由這件作品的原始草稿所出現的比例線條窺得一二。

而杜勒則無疑使用了不同的臉部比例，他在描繪「人體內接於圓形中」作品的臉部比例時，將臉部器官的整體位置壓低，並將額頭拉高，這或許為迎合當時流行的美學偏好。整體臉部由眉毛頂端

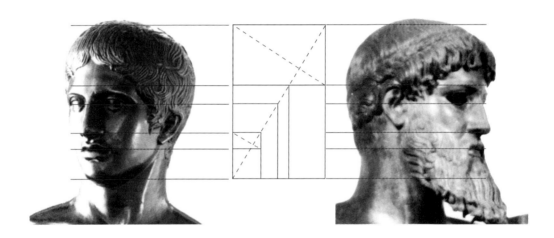

臉部比例與黃金分割的比較

就持矛者（左）與阿特米遜角宙斯像（右）的臉部五官而言，其比例都依照維楚維斯準則規劃，所以比例幾乎完全一致。上圖的分析格線以一個黃金分割矩形作為臉部長寬

的參考線，而這個矩形還可細分成更小的黃金分割矩形，用來決定臉部各器官的擺放位置。

杜勒的臉部比例研究
以下四個例子來自《面相學研究》（*Studies in Physiognomy*）一書插畫「四種臉部構成」，約繪製於1526-1527 年間。

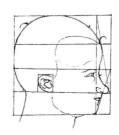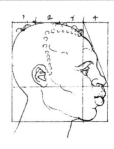

的水平線一分為二，眼睛、鼻子、嘴巴都位於這條線下方，脖子則顯得較短。他在 1528 年的著作《人體比例四書》中不斷出現這些相同臉部比例的插畫，並致力於實驗各種不同的臉部比例，在一幅「四種臉部構成」插畫（Four Constructed Heads）中，他以斜線作為分析格線，設計出不同的臉部比例。

如同自然界其他生物一樣，現實生活中的人體臉部或身體比例，很少真正符合黃金分割，因為黃金分割通常只出現在以藝術家觀點所製作出來的插圖、繪畫或雕塑作品中。藝術家所使用的黃金分割比例，尤其是古希臘的藝術家，應該都是企圖以「理想化」或「體系化」的方法來重現人體比例。

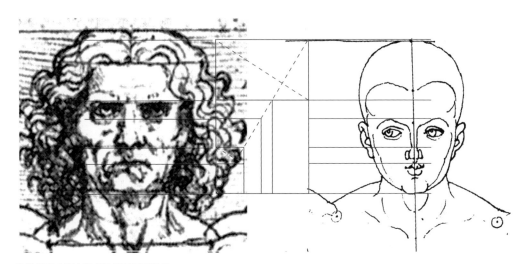

杜勒與達文西在臉部比例繪圖的比較
以達文西「圓形中的人體」與杜勒「人體內接於圓形中」（右）的頭部細節作比較，達文西所繪的臉部比例符合維楚維斯準則，而杜勒所繪的臉部比例則完全不符。

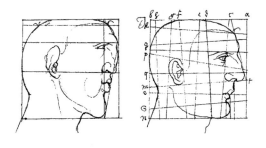

建築上的調和比例

除了以人體比例說明黃金比例，身為建築師的維楚維斯也有關於建築比例（architectural proportions）的主張。他認為神廟建築的結構必須根植於完美的人體比例，各個組成元素均存在彼此調和的比例關係；此外，維楚維斯更以將「模數」（module）概念引進建築而聞名，如同他之前將人體頭部或腿部長度，以組件測量的方式重現人體比例的作法。此後，此概念橫亙整個建築史，形成極重要的進程。

雅典的帕德嫩神廟便是希臘建築結構呈現調和比例的典型例子。簡單分析帕德嫩神廟的建築立面，是由幾個細分的黃金矩形環繞而成。這些不同的矩形標示出柱頂橫樑、雕飾中楣、山形牆的各項高度。外圍主要矩形的直角框，定義了山形牆的最高點，圖中最小的矩形，剛好標誌了下方柱頂橫樑與雕飾中楣的定位。

西元前447-432年雅典帕德嫩神廟建築與黃金分割關係圖
藉由黃金分割概念圖示來分析建築本身與黃金分割比例的關係。

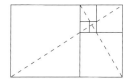

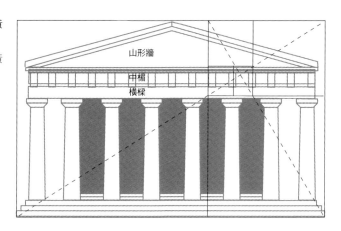

山形牆

中楣
橫樑

黃金分割調和分析
藉由黃金分割的調和概念圖，分析建築本身與黃金分割比例的關係。

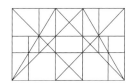

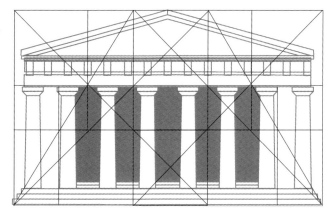

幾世紀後，「神聖比例」或稱「黃金分割」的概念，一直被哥德式教堂建築所應用。

在《邁向新建築》（*Towards A New Architecture*）一書中，現代建築啟蒙大師柯比意（Le Corbusier）以巴黎聖母院大教堂（Notre Dame Cathedral）為例，解釋了矩形與圓形在建築立面上的比例關係。教堂外圍的大矩形即符合黃金分割比例，該黃金分割矩形涵括了建築立面的主要

結構，二次黃金分割矩形則剛好包覆兩座塔樓。而對角校準斜線的交叉點，就在中央高窗上緣，並穿過教堂正面上方裝飾柱檐的邊角。我們亦可從結構分析圖，看出位於結構中央的前門位置，也是依據黃金分割比例而設。而中央高窗的直徑，恰好是黃金分割下方正方形內切圓直徑的四分之一。

註：module譯為「模數」，指建築部件的度量單位。

巴黎聖母院大教堂，1163-1235
藉由黃金分割矩形來分析建築結構及所產生的校準線，會發現整個教堂立面完全符合黃金矩形比例。建築立面下方結構由黃金矩形框繞，尖塔則由二次黃金分割矩形框繞。此外，建築立面下方可分成六個矩形組件，每個矩形均符合黃金比例。

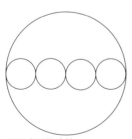

不同比例的比較
中央圓形高窗的直徑，與建築物主要的內切圓直徑相比，比例正為1：4。

二次黃金矩形的長方形部分

黃金矩形

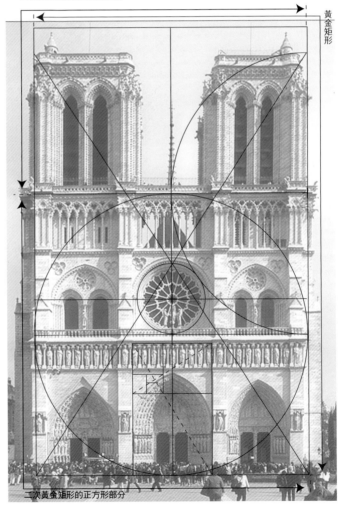

二次黃金矩形的正方形部分

柯比意的校準線

「建築必須具備「井然有序」的特質,而校準線便是達到此目標的工具。使用校準線是一種手段,而非某種「訣竅」,校準線的選用與表現形式已成為建築製程中不可或缺的一部份。」——《邁向新建築》,柯比意,1931 年。

柯比意對於幾何結構與數學的興趣,都記載在其著作《邁向新建築》中。該書談到利用校準線作為產生秩序與美感的必要性需求,也回答了批評者對於「使用校準線便扼殺了想像力,更等於破壞了造物主的美意」這種說法,他說:「歷史證明,從聖像學的記載,以及陶片、石雕作品、羊皮紙卷、手稿、印刷品等,甚至是最原始早期的

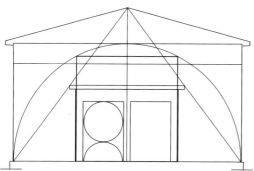

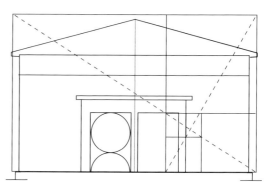

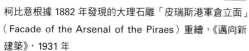

柯比意根據 1882 年發現的大理石雕「皮瑞斯港軍倉立面」(Facade of the Arsenal of the Piraes)重繪,《邁向新建築》,1931 年

柯比意以簡單的間隔校準線說明建築高度與寬度的比例,並據此訂出門所在的位置,與門在建築立面中該占的比例。整體建築立面被一黃金分割矩形包圍,門的位置及高度均符合黃金比例。

建築師，都已發展出校準用的工具，例如手、腳、前臂等方式，讓作品系統化並得以井然有序，因此當時的建築結構的比例便是以人類的尺度為刻度。」

柯比意曾這麼形容校準線：「一種靈感的決定性時刻，……也是建築上不可或缺的操作步驟」。1942年，柯比意出版了《模距：人類對建築與機械共通運用的調和測量》（ *The Modulor: A Harmonious Measure to the Human Scale Universally Applicable to Architecture and Mechanics* ）一書，則記述了他完整的比例體系論述，包括黃金分割的數學概念與人體比例。

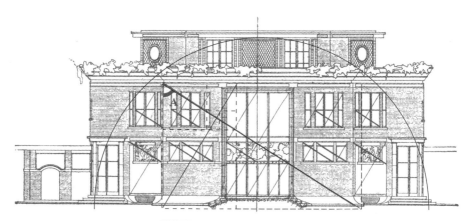

柯比意 1916 年作品「別墅」（The Villa），《邁向新建築》，1931 年
在柯比意所繪的建築設計圖（上圖）中，可以看到一系列校準線的應用，以紅色校準線壓在圖上，作為標示黃金分割矩形與各部結構的依據。

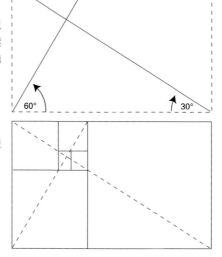

黃金分割結構（右圖）
柯比意運用在同一結構的兩張校準線，清楚呈現黃金分割矩形的關係圖。

建立黃金分割矩形

黃金分割矩形決定於符合神聖比例（Divine Proportion）的比值，而導出神聖比例的方式是取一條直線分為兩線段（如右圖），線段AB與較長線段AC的比值，等於線段AC與較短線段CB的比值，此比值約為1.618：1，也可以寫成 $\frac{(1+\sqrt{5})}{2}$ 。

神聖比例

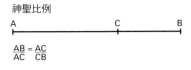

$$\frac{AB}{AC} = \frac{AC}{CB}$$

黃金分割矩形之「正方形建立法」

1. 先建立一個正方形。

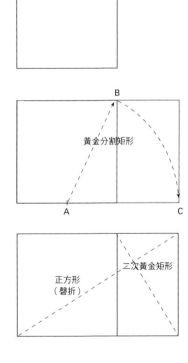

2. 從正方形下方邊線中點A畫一條斜線至右上角B點，以這條斜線為半徑（圓心為A）畫出與正方形下方邊線延伸相交的C點，並將矩形延伸至C點，所產生的小矩形加上原來的正方形，即為一黃金分割矩形。

3. 黃金分割矩形可以再被細分。分割原黃金矩形後得到一個較小的黃金分割矩形，稱之為「二次黃金矩形」。細分之後留下的正方形區域又稱「磬折」（Gnomon）黃金矩形。

4. 此細分過程可以無止境地延伸下去，一再產生比例更小的矩形加上正方形。

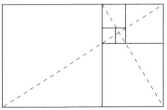

黃金分割矩形的獨特處在於細分後除了得到更小的二次黃金矩形，每次分割也同時留下一個比例更小的正方形區域。這種特殊的細分方式，讓黃金分割矩形可以產生令人熟悉的「正方形迴旋」（whirling square），也就是說，以逐漸縮小比例的正方形邊長為半徑，畫出螺旋紋路。

建立黃金分割螺紋
由黃金矩形分割圖來看黃金分割螺紋的建立，以細分後剩下的正方形邊長為半徑畫出圓周，並將每段圓周連結起來即成一黃金分割螺紋。

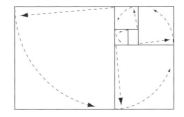

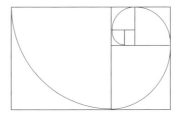

等比正方形（proportional squares）
從黃金分割細分圖所產生的正方形，其比例依相同黃金分割比例逐漸縮小。

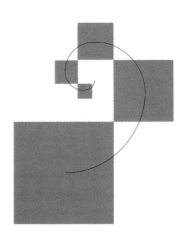

黃金分割矩形的「三角形建立法」

1. 先建立一直角三角形，其高與底的比例為
   1：2。以線段DA為半徑畫出圓弧與三角
   形斜邊交叉於E點。

2. 以CE為半徑畫出圓弧與三角形底線交叉
   於B點。

3. 從B點作一垂直線與三角形斜邊交叉。

4. 此種方式可藉由定義線段AB與BC作為矩
   形長度，產生黃金分割比例。三角形切割
   後產生的區域，為黃金分割矩形定義出邊
   長，而線段AB與BC的比值，恰好就是黃
   金分割比例的1:1.618。

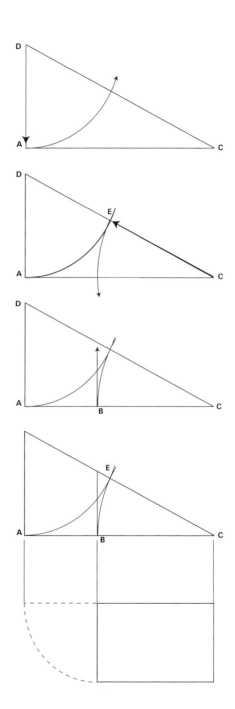

黃金分割比例

利用切割三角形的方式來建立黃金分割比例，可以定義出黃金分割矩形的邊長，此外，我們還可藉此方式繪出一連串基於黃金分割比例所產生的圓形與正方形，如下圖所示。

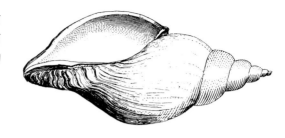

直徑：AB=BC+CD
直徑：BC=CD+DE
直徑：CD=DE+EF
依此類推

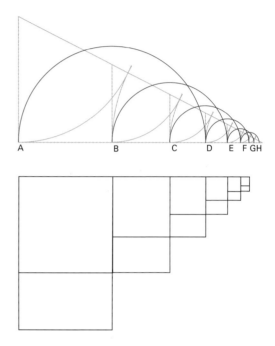

黃金分割	+	正方形	=	黃金矩形
A	+	B	=	AB
AB	+	C	=	ABC
ABC	+	D	=	ABCD
ABCD	+	E	=	ABCDE
ABCDE	+	F	=	ABCDEF
ABCDEF	+	G	=	ABCDEFG

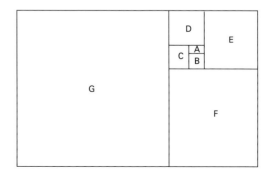

圓形與正方形的黃金分割比例

以三角形推演出黃金比例的方法，亦可產生一系列符合黃金比例的圓形與正方形。

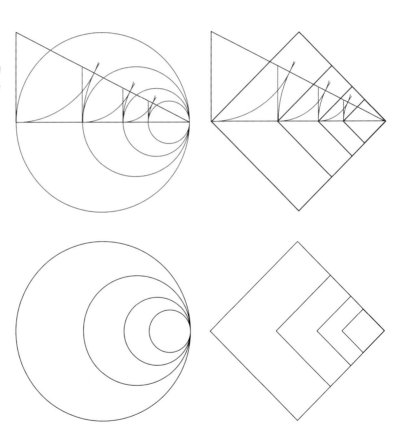

黃金分割與費氏數列（Fibonacci Sequence）

黃金分割特有的比例，與一種稱為「費氏數列」的一系列數字性質相近，此數列依引入者費布那西命名（費布那西原名「比薩城的雷奧那多」[Leonardo of Pisa]，費布那西數列一般簡稱費氏數列），並於約800年前與十進位數學系統一起引入歐洲。在此數列 1,1,2,3,5,8,13,21,34……，數字的推演是由前兩個數字相加，而得到其後的數字。舉例來說，1+1=2，1+2=3，2+3=5……等依此類推，而此數列間的比例非常接近黃金分割。此數列中，各數字間的比值會逐漸趨近於黃金比例，第十五個數字後的任何數字除以它後面一個數字的比值均為0.618（取到小數點後三位），而除以它前面一個數字則會得到1.618（取到小數點後三位）的比值。

費氏數列

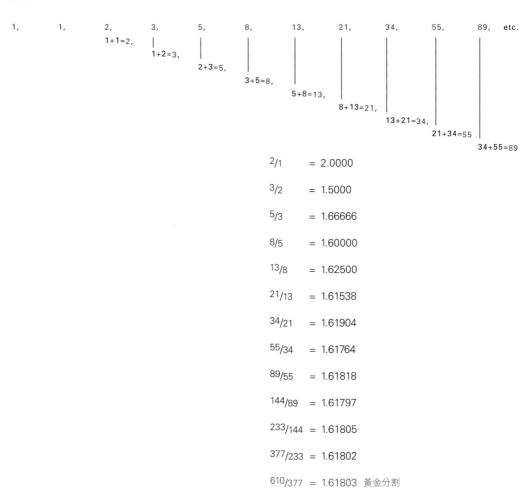

$^2/_1$ = 2.0000

$^3/_2$ = 1.5000

$^5/_3$ = 1.66666

$^8/_5$ = 1.60000

$^{13}/_8$ = 1.62500

$^{21}/_{13}$ = 1.61538

$^{34}/_{21}$ = 1.61904

$^{55}/_{34}$ = 1.61764

$^{89}/_{55}$ = 1.61818

$^{144}/_{89}$ = 1.61797

$^{233}/_{144}$ = 1.61805

$^{377}/_{233}$ = 1.61802

$^{610}/_{377}$ = 1.61803 黃金分割

黃金分割三角形與橢圓形

黃金分割三角形指的是任一兩邊長相等的等腰三角形，其長短邊的比值具有與黃金分割矩形相同的比例，又稱為「莊嚴三角形」（Sublime Triangle），這也是多數人較偏好的三角形。從五邊形裡就可找出此三角形，它的頂角是36度，兩底角則均為72度。這種結構可以藉由與底角相對的五邊形頂端相連，進一步細分出其他的黃金三角形。重複這種連接方式，則可得到五角星形。而

我們也可利用十角形，也就是十邊形，連接中心點與任兩相鄰頂點，進而產生出一系列的黃金三角形。

黃金橢圓形也展現出與黃金分割矩形及黃金分割三角形相似的美學特質。如同黃金矩形一般，黃金橢圓形的長軸與短軸比例也是1:1.618。

利用五邊形建立黃金分割三角形

在五邊形中，連接底部兩端點至五邊形對角頂點，即產生兩底角為72度，頂角為36度的黃金分割三角形。

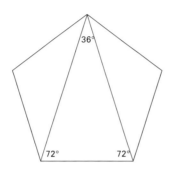

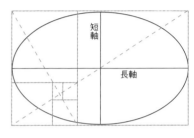

黃金分割橢圓形內接於黃金分割矩形中。

利用五邊形建立二級黃金分割三角形

五邊形的結構亦可產生二級黃金三角形，方法是將底角連至另一端的相對頂角。

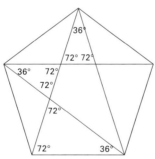

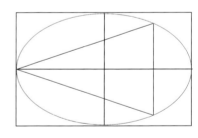

黃金分割三角形內接於黃金分割橢圓形中，而黃金分割橢圓形則內接於黃金分割矩形中。

利用十角形建立黃金分割三角形

在十角形，也就是具有十個邊的多邊形中，連接任兩相鄰頂點與中心點，即可產生一黃金分割三角形。

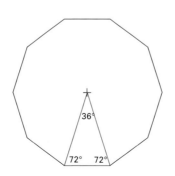

五角星形的黃金分割比例

利用正五邊形的對角線連結所形成的五角星形，其中央部分可形成正五邊形，依此類推。利用黃金分割原理所產生的這種更小五邊形與五角星形的過程，稱為「畢氏音階」（Pythagoras's lute）。

註：「畢氏音階」（Pythagoras's lute），據傳來自畢達哥拉斯的魯特琴。

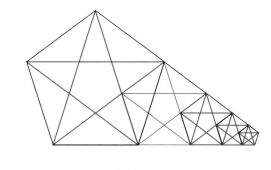

利用黃金分割三角形建立黃金分割螺紋

黃金分割三角形本身可再細分出一系列更小的黃金分割三角形，作法是將底角做角平分線，形成36度頂角的三角形，並以此細分後的角平分線為半徑畫出圓弧，連結後便形成黃金分割螺紋。

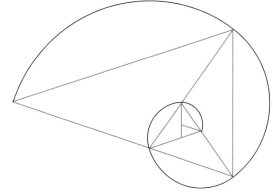

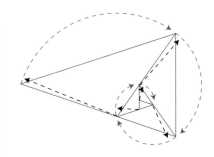

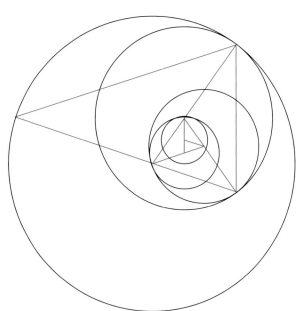

黃金分割動態矩形

所有的矩形可以區分為兩類：有理數比值分數形成的靜態矩形，如1/2, 2/3, 3/3, 3/4等。無理數比值分數形成的動態矩形，如√2, √3, √5, φ（黃金分割）等。靜態矩形無法細分出外觀令人視覺愉悅的比例，其細分狀態有可預期的規律且缺乏變化；然而，動態矩形卻可以無限分割出令人視覺愉悅的「調和細分」（Harmonic Subdivision）與外觀比例，因為它們的比例是由無理數所組成。

要將動態矩形分割為一系列調和細分的過程相當容易，我們可從相對角畫出對角線，然後以平行線與垂直線構成的網絡，連接到邊與對角線。

黃金分割動態矩形

這些圖表出自《藝術與生活中的幾何學》（*The Geometry of Art and Life*），書中畫出黃金分割矩形中的調和細分。最左側較小的紅線條矩形代表的是黃金分割矩形結構；中間交錯著紅灰色線條的矩形，是以紅線條表現黃金分割矩形結構，並以灰色線條標示調和細分。而最右側黑色線條矩形，則只顯示出調和細分後的情形。

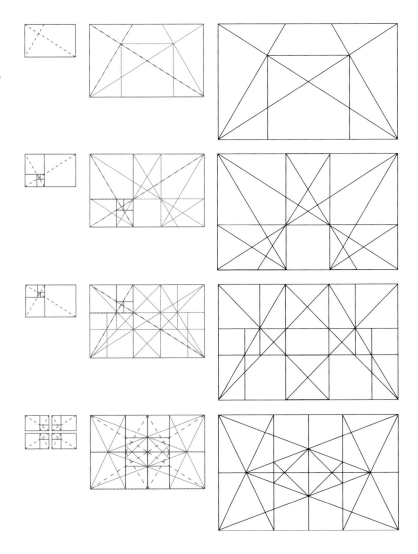

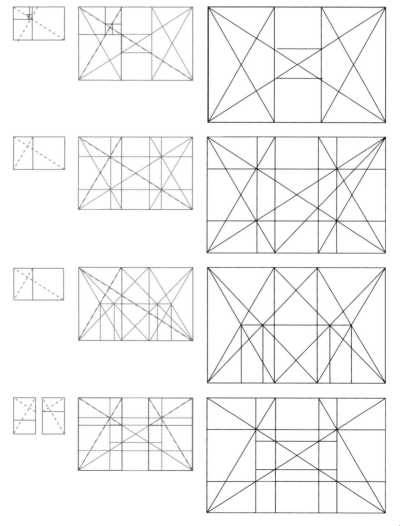

建立√2矩形

√2矩形具有可以無限細分出更小√2矩形的特殊屬
性，也就是說，當√2矩形被均分為一半的時候，結
果將產生兩個√2矩形，而當√2矩形被分成四等分的
時候，其結果將會產生四個√2矩形，依此類推。

以正方形建立√2矩形的方法
1. 首先建立一個正方形。

2. 在正方形內畫出對角線，以此對角
   線為半徑畫圓，圓周與正方形底
   線的延長線相交，以交點與正方
   形邊長封閉形成新的較大矩形，
   此較大矩形即為√2矩形。

√2矩形的細分過程
1. √2矩形可被細分為更小的√2矩
   形。由矩形對角線交點作垂直線，
   分出兩個較小的√2矩形，以此方
   法可繼續細分出更小的√2矩形。

2. 整個過程可以不斷重複，產生無
   限個系列√2矩形。

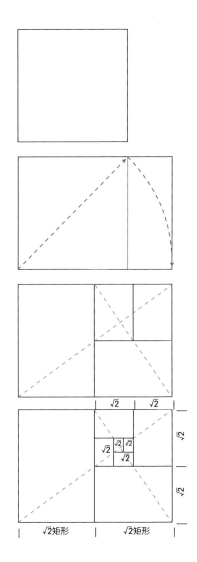

以圓形建立√2矩形的方法

1. 另一個建立√2矩形的方法，是由圓形的內接正方形來著手。

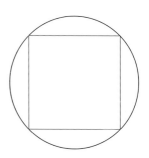

2. 從正方形兩對邊均延伸出與圓周相接的矩形區域，加上原矩形所形成的較大矩形即為√2矩形。

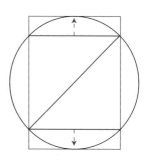

√2矩形遞減螺紋（diminishing spiral）

藉由連接細分後的二次矩形對角線，來建立√2矩形遞減螺紋。

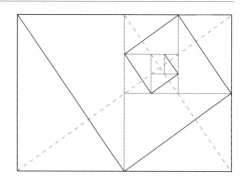

√2矩形的等比關係

持續細分√2矩形可產生具有等比關係、更小的√2矩形。

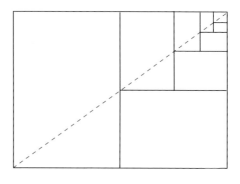

DIN標準紙張比例

由於√2矩形具有無限細分出更小等比矩形的特性，因此DIN德國工業標準（Deutsche Industrie Normen）以√2矩形作為紙張尺寸系統的基礎規格。不僅如此，本書所舉大部分的歐洲海報範例，也都有相同的尺寸比例。將整張紙對摺一次，可產生半張紙幅，又稱對開（Folio）。將整張紙摺四次之後，就得到四張（或說八頁），依此類推。這種紙張尺寸系統運作起來效率高，也讓紙張的使用上絲毫不浪費。擁有豐富海報傳統的歐洲城市，多半都有符合此種尺寸比例的街道海報張貼區。√2矩形不僅具有減少浪費的功能性，同時也有依黃金分割而產生的美學特性。

註：√2≒1.4142857。

√2 動態矩形

除了黃金分割矩形，√2 矩形也是動態矩形的一種，因為就像黃金分割矩形一樣，√2 矩形可以產生一系列的「調和細分」與構圖組成，且其比例均來自原先的矩形。

利用 √2 矩形分割出調和細分的方法是，先畫出對角線，然後以平行線與垂直線構成的網絡，連接到邊與對角線，根號矩形就能細分出相同數量的二次矩形（√2 矩形可分為兩個 √2 矩形、√3 矩形可分為三個 √3 矩形……依此類推）。

√2 矩形的調和細分
左圖將 √2 矩形分割為十六個更小的 √2 矩形，右圖則將 √2 矩形分割成四個直列區域以及相鄰三角形。

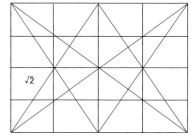
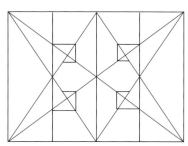

左圖將 √2 矩形分割為九個更小的 √2 矩形，右圖則將 √2 矩形分割成三個較小的 √2 矩形以及三個正方形。

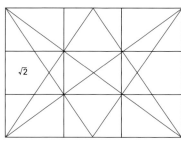
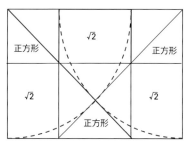

左圖將 √2 矩形細分為五個更小的 √2 矩形加兩個正方形，右圖則分割成兩個 √2 矩形。

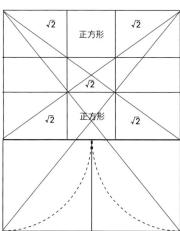
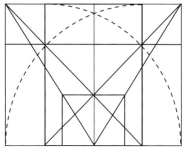

√3 矩形

正如√2矩形可再分割成其他相似的矩形，√3、√4、√5矩形的屬性亦同，這些矩形都可從水平或垂直方向加以細分。√3矩形可被細分成三個垂直的√3矩形，而這些垂直的矩形可再被細分成三個水平的√3矩形，依此類推。

√3矩形具有能夠建立正六角棱形的特性，這種六角棱形會出現在雪花、蜂巢的結構，也常出現在自然界許多晶體琢面上。

建立√3矩形

1. 先建立一個√2矩形。

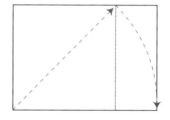

2. 畫出√2矩形的對角線，以此對角線為半徑畫圓，圓周與矩形底線的延長線相交，以交點與矩形邊長封閉形成一個新的較大矩形，此較大矩形即為√3矩形。

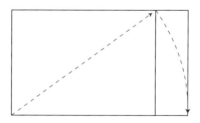

√3矩形的細分

√3矩形可被細分為更小的√3矩形。將矩形分為三等分，形成三個√3矩形，繼續將此細分後的矩形，再三等分成更小的√3矩形。整個過程可以不斷重複，並產生出無限個系列√3矩形。

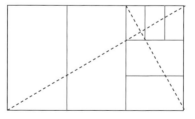

正六邊形的建立

正六邊形可藉由√3矩形來建立，作法是從中心點旋轉矩形，直到矩形的邊角相接就完成了。

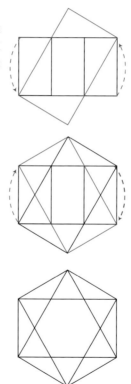

√4矩形

建立√4矩形

1. 先建立一個√3矩形。

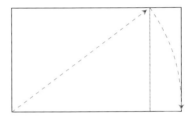

2. 畫出√3矩形的對角線，以此對角線為半徑畫圓，圓周與矩形底線的延長線相交，以交點與矩形邊長封閉形成一個新的較大矩形，此較大矩形即為√4矩形。

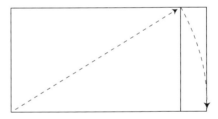

√4矩形的細分

√4矩形可被細分為更小的√4矩形。將矩形分為四等分，形成四個√4矩形，繼續將此細分後的矩形，再四等分成更小的√4矩形。整個過程可以不斷重複，並產生出無限個系列√4矩形。

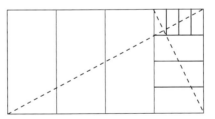

√5矩形

建立√5矩形

1. 先建立一個√4矩形。

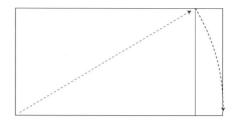

2. 畫出√4矩形的對角線,以此對角線為半徑
   畫圓,圓周與矩形底線的延長線相交,以
   交點與矩形邊長封閉形成一個新的較大
   矩形,此較大矩形即為√5矩形。

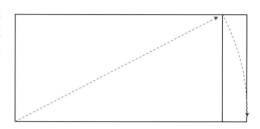

√5矩形的細分

√5矩形可被細分為更小的√5矩形。將矩形分
為五等分,形成四個√5矩形,繼續將此細分
後的矩形,再五等分成更小的√5矩形。整個
過程可以不斷重複,並產生出無限個系列√5
矩形。

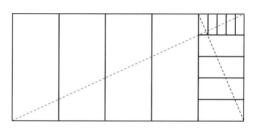

以正方形建立√5矩形

另一個建立√5矩形的方法,是從正方形著
手,由正方形底線中點畫線至對角,以此對
角線為半徑畫圓,圓周與矩形底線的延長線
相交,再將正方形延伸至交點形成較大矩形
即可。

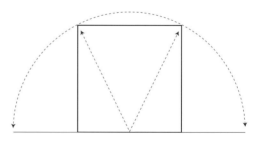

兩側所延伸出來的小矩形均為黃金矩形,當
中的任一個黃金矩形加上正方形,亦為黃金
矩形。而這兩個黃金矩形加上正方形,即為
√5矩形。

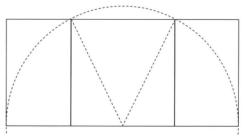

各種根號矩形的比較

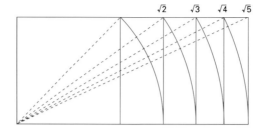 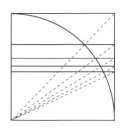

√2

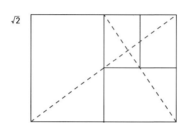

√3

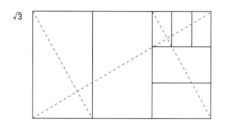

√4

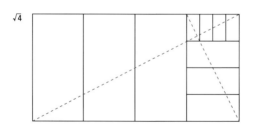

√5

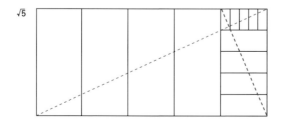

設計上的視覺分析

在此引用一段柯比意的見解來分析圖像設計、插畫、建築及工業設計的原理，簡直再貼切不過了。在《模距》一書中，柯比意以一個巴黎年輕人的身份，寫下了他的「啟示」：

「某天，在他巴黎小住所的油燈下，一些圖畫明信片散落在他的桌上。他的眼光流連在一張米開朗基羅在羅馬神殿作品的圖片上，他旋轉另一張明信片，面朝下，直覺地將某個邊角（一個直角）投射在神殿立面上。突然間，他又被一個熟悉的事實重新喚醒：直角掌控了結構，直角位置（lieu de l'angle droit）掌控了整體結構。這點對他來說無疑是個啟示、一種確定性推論，接著他對塞尚（Cézanne）的畫作進行測試，竟然也得到同樣的結果。但他懷疑自己的結論，因為這樣一來，就表示藝術創作的組成結構，存在著可依循的規則。這些規則明顯而微妙，可能是有意識的作法，或只是把司空見慣的事平凡地運用出來而已。當然，它們也可能是隱含在藝術家的創意直覺中，所表現出來的和諧形式；而米開朗基羅極可能是基於本身不凡的天賦，而自覺地作出了這種先入為主的設計。

後來，有本書更讓他確立信念：法國史學家奧古斯特 · 肖阿西（Auguste Choisy，1841-1909）的《建築史》（History of Architecture）談到服膺校準線（tracé regulateur）的相關內容。因此，真的有校準線掌控結構這種事？

1918年他開始認真的作畫。一開始是兩幅隨興所至的創作，1919年創作的第三幅畫則是以井然有序的構圖填滿整個畫板，結果算是不錯。接著他的第四幅畫將第三幅畫以改良的方式重新呈現，以有系統的方式統合與收束畫作元素，結果充滿了結構的美感。然後就是1920年所畫的一系列作品，於1921年在德魯葉畫廊（Galerie Druet）展出，這些畫作結構都確實是以幾何學為基礎所建立，結合了兩種數學邏輯，也就是直角位置與黃金比例。」

柯比意所得到的「啟示」，對於所有的藝術家、設計師與建築師而言相當具有價值。能掌握幾何學裡如此重要的結構原則，進而為創作帶來完整的結構觀念，確實可讓作品各元素在視覺上得到具歸屬感的整體性。而藉由對幾何學、系統化與比例關係等原理的揭示，也讓我們能更進一步瞭解許多藝術家或建築師作品中的意圖與緣由。不論幾何結構的使用是隨性的直覺反應，或執意深思熟慮後的結果，都提供了一套理解作品的方法，也讓我們對於許多創作上的決定，有了更為合理的解釋。

「女神遊樂廳」（Folies- Bergère）海報　喬爾斯 · 謝瑞（Jules Chéret），1877

「女神遊樂廳」海報是為巴黎著名的歌舞雜耍演藝劇場而設計，設計者喬爾斯 · 謝瑞是法國新美術運動的代表人物，他所設計的這件迷人且富動態美的作品，成功地捕捉住一群舞者的舞動瞬間。乍看之下，整體構圖似乎漫無意識，並未具特定幾何圖形，但若仔細檢視，便會發現畫面中細心經營的視覺結構：各舞者所擺出的肢體位置，相當接近一個內接於圓形中的五邊形。

將五邊形的內部作細分，可建立一個五角星形，而此依序由邊角繪出的五角星形內部，會形成一更小且等比的五邊形，值得注意的是，這個五角星形內的各個三角形，其不同邊長的比值恰為黃金分割比例1:1.618。整張海報中心點位於女舞者的臀部，男舞者們的抬腿，剛好懸成三角形，也就是五角星形的頂點，框住了女舞者的位置。這些伸展的肢體與肩膀，都經由幾何結構的構圖方式，精心安排好它們的位置。

五角星形

五邊形細分後會得到內接的五角星形，此五角星形中心又形成一較小的五邊形。黃金分割在五角星形內的展現為：內部各三角形邊長都是等腰（線段B和C），而第三邊A與他們的比值恰為1:1.618，亦即黃金分割比例。

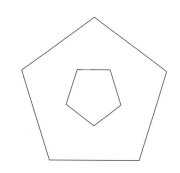

解析

這三個舞者肢體先內接於圓形中，然後繪出內接五角星形，最後再形成更小的五邊形，中心點則落在女舞者的臀部。甚至在海報下方小精靈似的人物，也同樣細心安排於整體結構之中，其頭部的高度，恰好接在五邊形底部與圓形之間。

（下圖）兩個男舞者抬腿所形成的三角形，同樣也是黃金分割三角形。

「求職」（Job）海報　喬爾斯 · 謝瑞（Jules Chéret），1889 年

謝瑞是平版印刷專家，他也以將彩色平版印刷技術提升成一種藝術而廣受讚譽。他對彩色平版印刷技術的知識來自 13 歲開始的學徒經歷，他唯一受過的正統藝術教育是在「國立繪圖學校」（École Nationale de Dessin）所修習的課程，在那裡，他接觸到幾何學與構圖原則的訓練。雖然所受正規教育有限，但在他的職業生涯裡，始終把歐洲主要的藝術博物館當成自己的學校，仔細研究大師們的作品。

五角星形與格式比例

將五角星形外接圓形，便可看出這張
海報的形式比例是依據「五邊形頁面」
（pantagon-pages）設計而成。這種海報
的底部與五邊形重疊，而上緣則延伸與
圓形相接。

解析

圓心在海報中心的圓形，統
馭了整個畫面中的人體位置
與「JOB」三個字母的擺置；
由右上到左下的對角線，穿
越頭部、眼睛與手；而左上到
右下的對角線，則通過肩膀
並經過臀部。

「包浩斯展覽」（Bauhaus Ausstellung）海報　傅立茲 · 施萊佛（Fritz Schleifer），1922 年

施萊佛在1922年為了慶祝「建構主義」（Constructivism）時代來臨而設計的包浩斯展覽海報中，為配合「建構主義者」所代表的時代意義，利用機械建構時代特有的簡單幾何形狀，將人臉及字體抽象地表達出來。

這張幾何圖形的臉，出自奧斯卡·舒林瑪（Oskar Schlemmer）所設計的包浩斯（Bauhaus）校徽，並進一步去掉較細的水平與垂直線，簡化為五個簡單幾何圖形。畫面中最小的矩形，也就是代表「嘴」的部分，便是其他矩形的寬度度量基準。

而在字型設計上，也利用構成臉部的相同矩形元素，適切地回應了規律的稜角形式。這種字型相當類似於都斯柏格（Théo van Doesburg，風格派畫家，1883-1931）於1920年所作的字型設計。

包浩斯校徽，奧斯卡·舒林瑪設計，1922年。

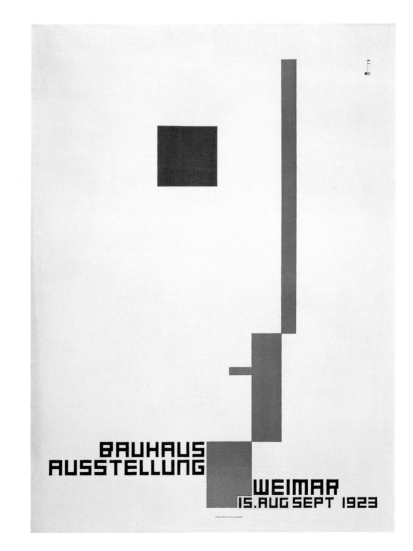

字型設計

這種字型是根據一個5x5單位的正方形為基準,讓最寬的字母M與W占完整的正方形空格,其筆劃寬度與筆劃間距,均為一個單位的寬度。而較窄的字母則占5x4單位的正方形範圍,其筆劃寬度同樣為一個單位,但其筆劃間距則擴大為兩個單位的寬度。字母B與R則例外地多占1/2個單位的寬度,因為要產生圓角以便讓R與A作區隔、讓B與8也作出區隔。

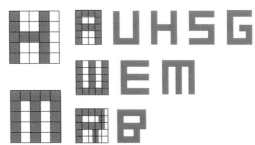

解析

眼睛與中垂線對齊,其他臉部器官則以與中垂線非對稱的方式擺置,字型上緣與下緣對齊於代表脖子的矩形。

矩形寬度比例

嘴
頭、鼻子
臉頰
脖子
眼睛

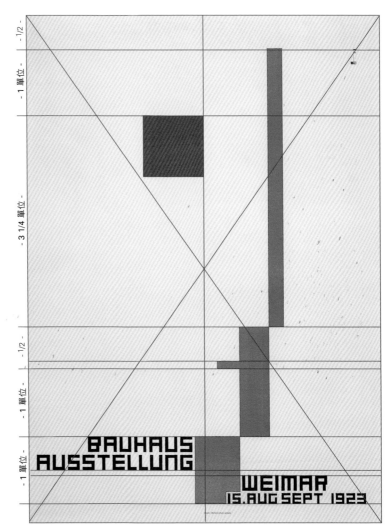

BAUHAUS
AUSSTELLUNG
WEIMAR
15.AUG SEPT 1923

「激進新聞」（L'Intransigéant）海報　卡山卓爾（A. M. Cassandre），1925 年

「數學上的表示模數，僅能用來驗證人類直覺的洞察力；『黃金分割準則』亦僅用來定義藝術家直覺認定的理想比例，因為這只是一種檢驗方式，而非一套創作體系（如果是體系，一定會很快消失，就像所有的體系一樣。）」——阿道夫・莫倫（Adolphe Mouron，1901-1968），1960 年日記。

「激進新聞」海報是由莫倫在 1925 年所設計，他更為人知的名字是卡山卓爾——幾何建構概念的領導者與研究者。這張海報是為巴黎的報紙《激進新聞》所設計，其概念的創新之處，便在於重現了法國大革命時期的女英雄瑪麗安（Marianne）的形象，以這位法國女性代言人的頭部作為視覺象徵。

卡山卓爾曾接受正統藝術教育，並在巴黎許多知名畫家工作室學畫。事實上，他使用卡山卓爾作為筆名的原因，是希望以後作畫時，還能以自己原先的名字阿道夫·莫倫發表作品。

很快地，他愛上了海報藝術，並發現海報設計比起繪畫創作，對他而言更具挑戰性，因為海報就像藝術作品，能夠穿越傳統或根深蒂固的階級藩籬與大眾溝通。

由於對繪畫的興趣與研究，卡山卓爾深受立體派（Cubism）的影響。他在 1926 一次訪問中描述立體派時曾說：「藝術家利用嚴謹邏輯將作品建構幾何化，為藝術帶來了永恆的元素。這些客觀元素可謂涵括了所有作品的可能性與個別複雜度。」他承認他的作品是「本質上既幾何又極端」，而這些幾何建構的元素，幾乎在他所有的作品中都可以找到。卡山卓爾尤其注意到圓形具有引人注目

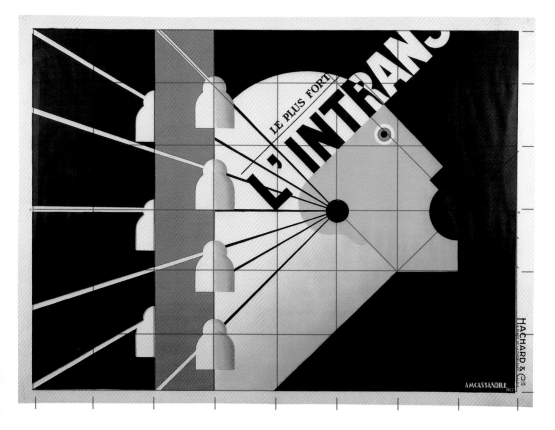

解析

這張海報的版面可視為一個6x8的單位模組，或48個正方形視覺區域，海報裡所有元素構圖均依據模組的位置與比例而定。耳孔的位置在視覺區域的交叉點，其高度也在嘴部的中央位置；字母「L」尖角的直角正好是整張海報

的中心點。人臉下巴恰可塞進一格單位，電線桿的寬度也等同一個模組的寬度。此外，呈45度角的脖子，沿四格單位大小的正方形對角線切齊；電線從耳孔中央每隔15度拉出，從水平線往上或往下，兩邊擴展至45度。

的視覺效果，所以有意在這張海報及其他許多海報作品中運用圓形，來指引並凝聚觀者的注意力。

卡山卓爾的作品在藝術方面除了受到立體派的影響，也受到「物體海報運動」（Sach Plakat），或者說「客觀主義海報運動」（object poster）的影響。客觀主義海報運動突破過去那些以表現性或裝飾性為訴求的風格，而代之以客觀性與功能性，1920年代的包浩斯（Bauhaus）學派也應和了這種思考哲學。卡山卓爾在「激進新聞」海報將報紙版面縮小到剩下報頭的部分，並設計了更強而有力的象徵，也就是瑪麗安這位法國國家代言人。

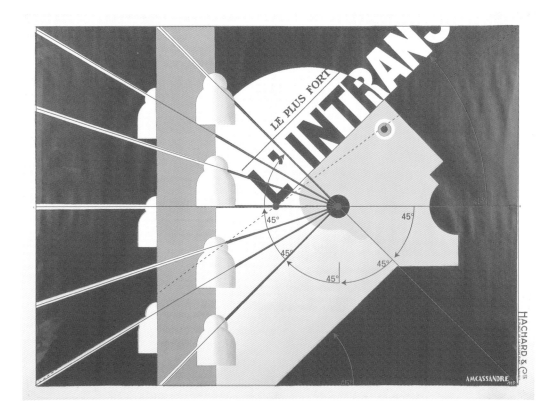

角度與√2矩形

這張海報的格式屬於√2矩形，眼睛為√2矩形對角線（圖中紅色虛線）所平分。這條對角線也跨越海報中央，也就是字母「L」的左下角，平分了整張海報。L'INTRANS整個字的基線，位在海報中央水平線以上45度斜線上。電線桿上的電線，每隔15度依序繪出至海報中央水平線上下45度，而鼻子與下巴的角度也同樣是45度。

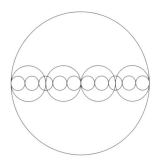

圓形直徑比例
頭部圓形＝4倍嘴部圓形
嘴部圓形＝外耳圓形
嘴部圓形＝2 1/2個內耳圓形
內耳圓形＝眼睛圓形
內耳圓形＝燈泡絕緣體圓形
內耳圓形＝耳垂圓形

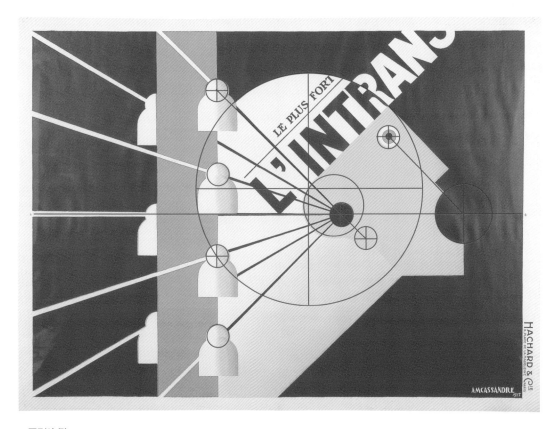

圓形比例

外耳圓形與嘴部圓形的直徑為一個單位區域的長度。小圓形如眼睛、內耳、耳垂、燈泡絕緣體的直徑為2/5個單位區域。最大的圓形是頭部，其直徑為4個單位區域。

這些圓形的擺放位置經過嚴謹的規劃，頭部圓形的圓心正位於在45度斜線上。而燈泡絕緣體的圓心則位於這些以15度遞增的斜線上，三條15度線便成為一組45度區域。

「搭倫敦東北鐵路到東岸」（East Coast by L.N.E.R.）海報　湯姆 · 波維斯（Tom Purvis），1925 年

波維斯在 1925 年將這張「搭倫敦東北鐵路到東岸」海報設計，用作建議觀者暑期旅遊搭乘倫敦東北鐵路的邀請函。其實約在 25 年更早之前，就有兩位自稱「貝格史塔夫」（Begarstaffs）的設計師，即已試驗過這種在當時算是激進的作法，也就是嘗試以大面積色彩搭配極簡單的圖像輪廓，

而產生特殊的構圖效果。波維斯的海報便將此種簡化技巧，運用在空間、色彩與圖樣上。

海灘傘所形成的橢圓形，是整張海報中最有力也最令人關注的視覺焦點。這不只是因為它有明亮的顏色，還跟傘的形狀與斜置的方式有關。亮橘

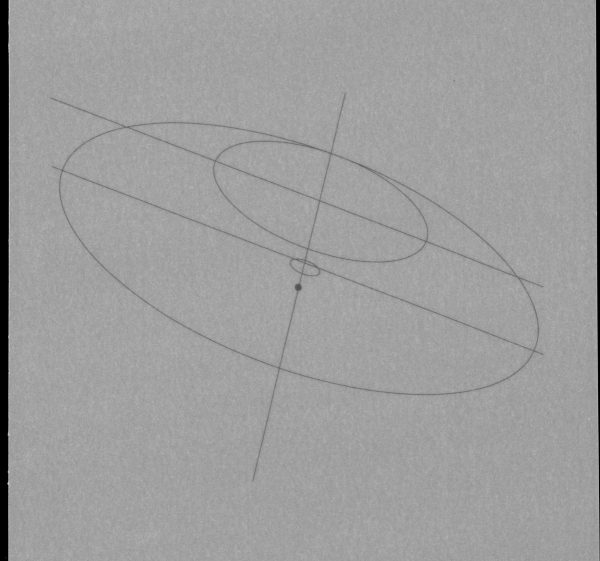

色相對於藍色天空與海，形成相當強烈的對比。而橢圓的形狀就像圓形一樣，比起其他的幾何形狀，更能吸引觀者的目光。

斜向的擺設圖像，在視覺上最能引起觀者的關注，因為它具有不穩定與隱約的動態感。如此戲劇性的橢圓形還被重複使用了兩次，一個是在雨傘內部的支架區，另一個則運用在傘柄黑色支撐的部位。

所有的形狀都以簡單的輪廓呈現，描繪出簡化扼要的圖像細節。浴巾的條狀底紋與隨意放置的方式，也為整張海報的簡單增添了些許變化。

解析

這張海報的版面可用一個6x6的單位區域來分析。天空與海的水平線占了2/3的範圍，也將海報分為兩部分；橘色雨傘裡較小的橢圓形，其軸線穿過海報的中心點，為整體構圖取得平衡。圖中兩人恰好分置在傘柄左右，同樣為構圖提供色彩與形狀的平衡。

「巴塞隆納椅」（Barcelona Chair） 密斯‧凡德羅（Mies van der Rohe），1929 年

1929年的「巴塞隆納椅」，是密斯為西班牙「巴塞隆納國際展」（International Exhibition）德國展覽館所設計的作品。德國展覽館與其他館不同之處在於：它並未展出任何藝術品，而建築物本身就是展覽品。這棟展館使用高雅稀有的石灰華大理石、灰色玻璃、金屬圓柱及暗綠色大理石等建材建構而成，裡面僅有的家具便是這款罩上白色皮革的巴塞隆納椅與「墊腳椅」（Barcelona Ottoman），再加上一個「巴塞隆納桌」（Barcelona Tables）。墊腳椅與巴塞隆納桌，都使用了類似巴塞隆納椅所用的「X」形腳架作為支撐。密斯所設計的這座建築物與家具，都被視為是設計史上的里程碑，也造就了他職業生涯的偉大成就。

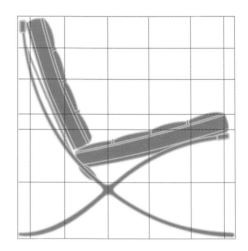

巴塞隆納椅的比例（右圖）
椅子的側視圖（右上）與前視圖（右下），恰可填入一個正方形中，椅背的分隔區塊皆為較小的 $\sqrt{2}$ 矩形。

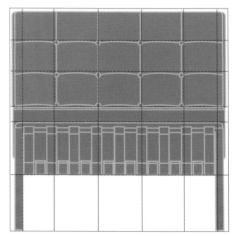

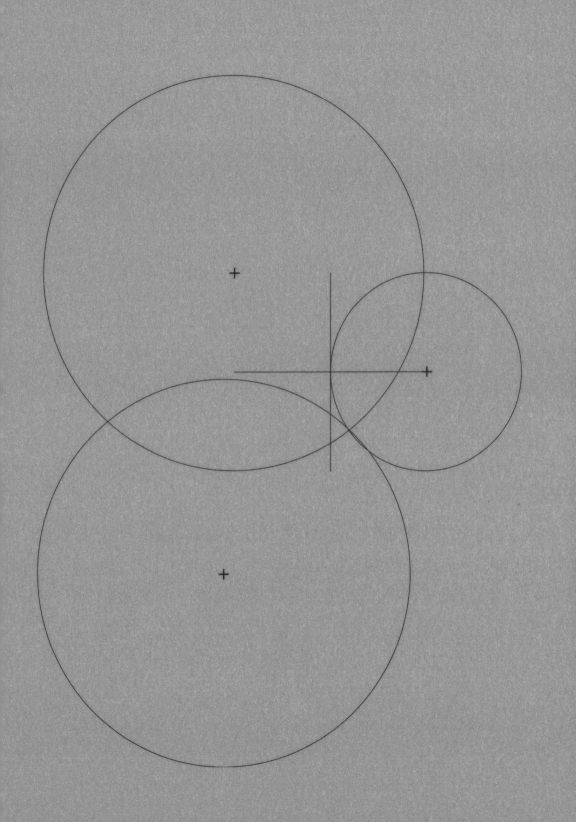

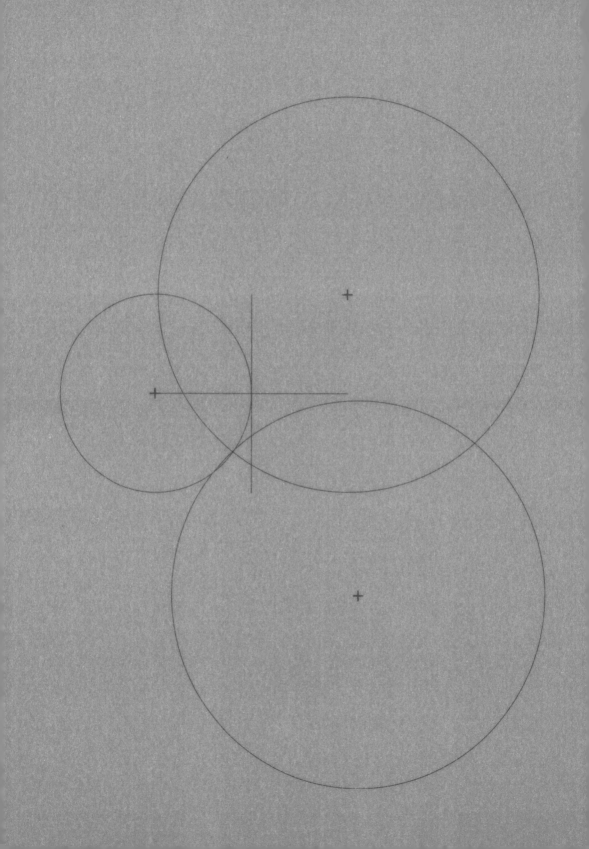

很難相信如此具有現代感的經典作品，設計並製造於近一世紀以前。巴塞隆納椅給人的感覺，就像只用了簡單的正方形，就能和諧地彈奏出嚴謹比例的樂章。

整張椅子的高度等同於椅子的寬度，亦即整把椅子可以完整地填入一個正方形中。椅背皮革上的矩形為√2矩形的比例，相接於鐵製支架上，同樣的矩形也設計在椅墊上。這種設計可確保鋪椅墊的過程裡，儘管因應鋪設時的不同壓力或鬆緊度，仍能保持矩形的完整性。「X」形椅腳結構形成高雅的構圖，成為這張椅子的特殊標記。

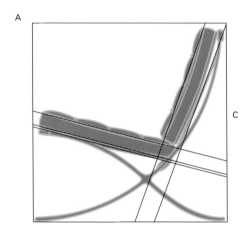

A

C

B

曲線比例

較大的曲線構成椅背至前椅腳的外型，以容納整張椅子的正方形邊長作為半徑，其圓心在A點。同樣大小的圓形曲線，重複使用於後椅腳的前半段，此同源圓形的圓心在B點。而另一個較小的圓形，其半徑為之前圓形的1/2，作為後椅腳的後半段曲線，其圓心在C點。

「躺椅」（Chaise Longue） 柯比意，1929 年

接受傳統美術（Beaux Arts）教育科班出身的建築師，通常很注重古典比例的準則，並習慣將這些準則應用到自己設計的建築或家具上，柯比意便是其中一例。我們可以藉由他的作品「躺椅」，看出他在建築上對細節和比例的堅持。一九二〇年代，柯比意受到當時建築師如密斯‧凡德羅所設計的鋼管家具影響，甚至是更早期索涅特（Thonet）曲木家具運用幾何形式的影響，也將自己的作品以簡化的構圖形式及風格呈現出來。

1972年起，柯比意開始與家具兼室內設計師夏洛蒂‧皮蘭（Charlotte Perriand，1903-1999）及表弟皮爾‧尚涅雷（Pierre Jeanneret，1896-1967）展開合作，他們的合作模式相當成功，並以柯比意為名發表了一系列古典家具作品，其中包括了著名的「躺椅」。

該椅以弧形延展的金屬管架為滑軌，架在造型簡單的黑色支撐底座上。這種有弧度的造型就像優

「躺椅」的先驅
1870年索涅特設計的「斜躺搖椅」。

雅簡潔的雙向滑動機關，讓乘坐者的位置可任意變換，並且靠摩擦力與地心引力來固定位置。如同它的幾何弧形框架一般，躺椅的頭枕也是幾何形狀的圓柱體，可依使用者需求調整位置。此種弧形結構即使不靠黑色底座支撐，也能獨立使用作為斜躺搖椅。

解析

躺椅的各組成部分與黃金矩形的調和細分（參見32頁）密切相關。躺椅結構圓弧的直徑恰為黃金矩形的寬度，躺椅底座則與調和細分的正方形重疊。整體來說，躺椅的架構就是用黃金分割矩形內部的調和細分所組成的。

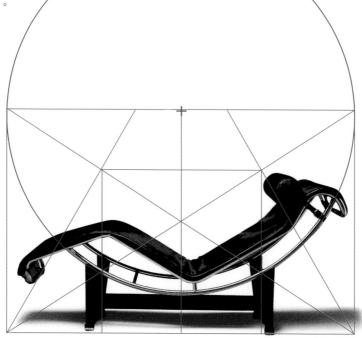

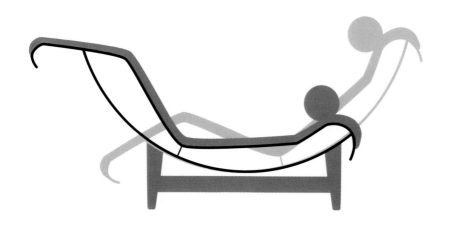

「柏諾椅」（Brno Chair） 密斯 · 凡德羅，1929 年

繼1929年巴塞隆納展覽館獲得成功後，密斯又以其為根本設計了一棟家庭住宅——「圖根哈特別墅」（Tugendhat），同時也應邀設計別墅內的家具，以符合建築物本身鮮明的現代主義風格。

密斯在1926年成功地開發出懸臂扶手椅，也就是所謂的MR椅，這種將鋼管彎曲的技術在當時仍很新穎，為設計師提供了一項創新選擇。MR椅的設計基礎來自於十九世紀發明的鐵管椅與索涅特著名的「曲木椅」（Bentwood Rocker），也由於MR椅的鋼管支撐力較強，因此得以用懸臂方式來簡化設計。

圖根哈特別墅擁有非常寬廣的飯廳及可以容納24人共同進餐的大餐桌。然而原先為用餐所設計的MR椅，由於延伸的扶手高度無法收納於餐桌下，

「柏諾椅」的先驅

左圖為設計於約1860年的索涅特曲木椅。右圖為密斯·凡德羅設計於1926年的MR椅側視圖。

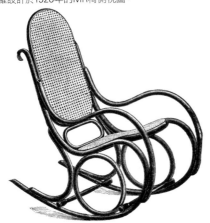

而顯得非常怪異。因此，為用餐功能而重新設計
的柏諾椅，有較矮的曲臂與輕巧的外型，剛好
可以收納在餐桌下。原先設計的椅子則包覆上椅
墊，並製作了圓管與平管兩種造型，形成不同的
美感。

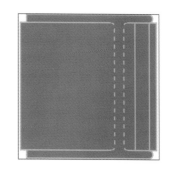

解析

從俯視圖來看，椅子本身恰
可容納於一正方形內（右上
圖）。前視圖（右方左圖）與
側視圖（右方右圖），恰可容
納進一黃金分割矩形中。前
椅腳與椅背（右下圖）形成
對稱，構成曲線的兩圓，其
半徑比值為1：3。

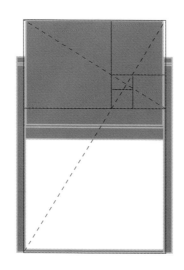

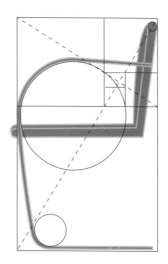

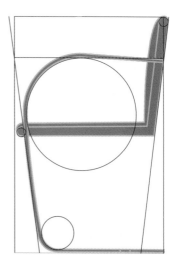

「非洲黑人藝術」（Negerkunst）海報　馬克斯・畢爾（Max Bill），1931 年

這張海報是為南非史前岩石繪畫展所製作。畢爾於1931年設計的這張以幾何構成極簡風格的「非洲黑人藝術」海報，源自1930年的「具象藝術」運動（Art Concrete）。這項運動要求以數學概念建構純視覺元素，而畢爾也認為數學概念是絕對明確的「人類共通」視覺語言。

中間圓形的直徑是整張構圖的主要測量單位，圖形的上半部與下半部高度，等同於該圓形直徑（參見右頁圖）。圖形兩邊的寬度，恰等於此直徑長度的一半。而穿過此圓圓心的垂直線，恰好對齊海報文字區塊的左邊界。

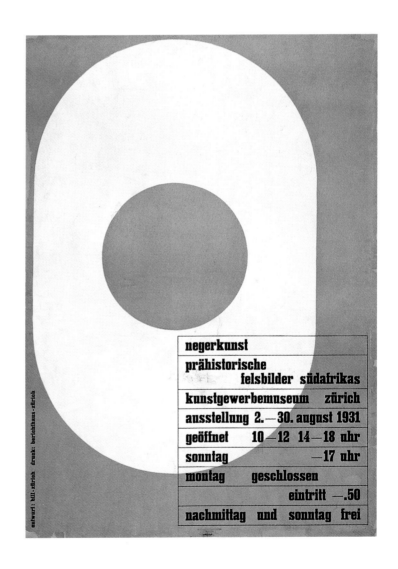

大圓比例（右方左圖）
外部圓形直徑是內部圓形直徑的兩倍。

各種√2比例（右方右圖）
海報的外型尺寸為一個√2矩形。而整張圖可分解為三個
√2矩形，圖中的垂直線為文字區塊左側的對齊軸線，穿過
內部圓形的中央。

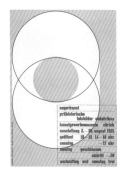

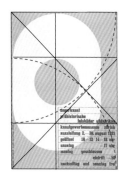

解析
大字母「O」形狀的比例來自
內部圓形的直徑，左右的寬
度則為內部圓形直徑長度的
一半，上下的高度則等於內
部圓形的直徑長度。左右兩
邊角的對角線穿過內部圓形
的圓心；穿過同一圓心的垂
直線，則成為文字區塊的左
邊界。

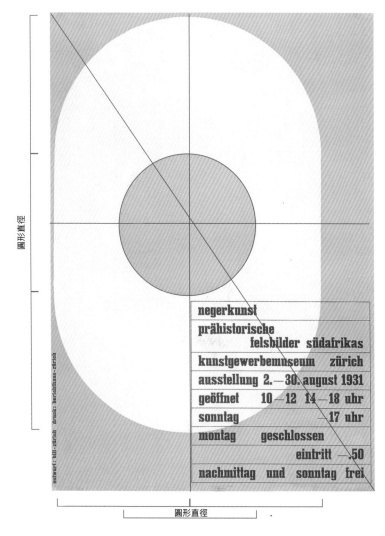

圖形直徑

圖形直徑

「貨車酒吧」（Wagon-Bar）海報　阿道夫 · 莫倫 · 卡山卓爾（A.M.Cassandre），1932 年

「有些人稱我的海報作品為立體主義，這種說法很正確，因為我的設計本質具有幾何與永恆的特性。我最偏好的藝術形式是建築，它教會我揚棄扭曲的設計風格……。通常我對形式與色彩很敏感，對事物整體秩序的要求勝過對細節的計較，而在設計的過程中，我對幾何原則性的遵從，也多過對作品枝微末節的雕琢。」──阿道夫 · 莫倫 · 卡山卓爾，《法國海報協會雜誌》（La Revue de l'Union de l'Affiche Française），1926 年。

「貨車酒吧」海報與前文介紹的「激進新聞」海報，同樣是利用幾何圖形相互關連而成的驚奇設計。卡山卓爾再次將日常生活中如汽泡礦泉水瓶、酒杯、水杯、一條麵包、酒瓶、放在杯子中的兩隻吸管等物件，風格化為簡單的幾何形式。

整體構圖以車輪直徑作為度量單位，搭配相同長度的鐵軌段落，連「RESTAUREZ-VOUS」（你該吃點東西）與「A PEU DE FRAIS」（一點清爽）

兩句文案也符合這個長度。此外，海報的中心點位於杯底，由水杯裡的兩根吸管末端強調視覺焦點，整張海報由上而下可以簡單地分為垂直性的三個區塊。

這張海報的幾何構圖，在瓶身肩處與酒杯肚底的部分最為明顯。在巧妙的空間安排下，海報的白色背景與汽泡礦泉水瓶的虹吸管上緣交融；而麵包、酒瓶標籤、杯子上緣與輪胎上緣，也是幾何圖形的表現方式。

由於這張海報的圖像元素較多，形狀也相對複雜，因此需要簡化為有組織性的幾何形狀，並在結構上產生聯繫。透過下文解析，我們可清楚看出每個元素及位置安排的前因後果。

解析

這張海報在設計上，刻意將各元素放在中央圓形區的企圖非常明顯。因為酒杯肚底與泡礦泉水瓶肩處的圓形，其圓心位置均位於由左上角延伸至右下角的對角線上。同樣地，酒瓶中央的圓形與車輪的圓形，其圓心亦對齊在同一垂直線上。

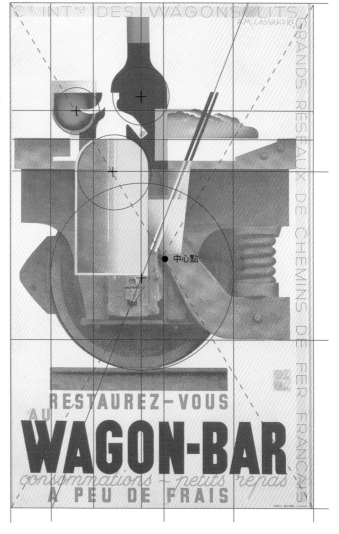

中心點

「建構主義者」（Konstruktivisten）海報　契霍爾德（Jan Tschichold），1937 年

「雖然説不上為什麼，但是我們可以實例證明，特定比例的平面比起任意比例的平面，更令人覺得愉悦。」——契霍爾德（Jan Tschichold），《書的形式》（The Form of the Book），1975 年。

契霍爾德在1929年創作的這張海報是為了「建構主義藝術展」所繪製。海報設計之初，提倡「建構主義」的藝術運動已逐漸式微，因此海報中的線條與圓形亦可詮釋為西沉的夕陽。建構主義藝術運動主張將精緻藝術與圖像，以數學幾何的抽象邏輯來表現，並加入機械化的構圖，反映出工業文化的時代衝擊。這張海報作品就是利用幾何構圖、數學化的視覺組成，以及不對稱的字體編排，呼應了契霍爾德所著的《新字體設計》（Die Neue Typographie，1928）一書主張的理念。

解析

圓形直徑的長度成為整張海報與元素配置的度量單位,畫面中的圓形是視覺焦點,迅速攫住觀者的目光,同時強調了展覽標題,以及下方的參展者名單。位於展覽日期那行文字開頭的小圓點,是視覺上另一個焦點元素,它以鮮明的大小對比,呼應較大的圓形。參展者名單文字的起始位置,落在整張海報對角線與海報下方矩形對角線的交點上。海報中副標文字到主要視覺元素的距離,等同於從水平線到「Konstruktivisten」這行文字基線的距離,而此行文字的基線,恰好居中於大圓形內(如右下圖)。

三角構圖

文字位置的編排形成三角形,除了形式上的關連,也加強了視覺上的趣味性。

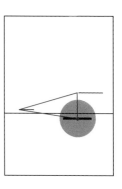

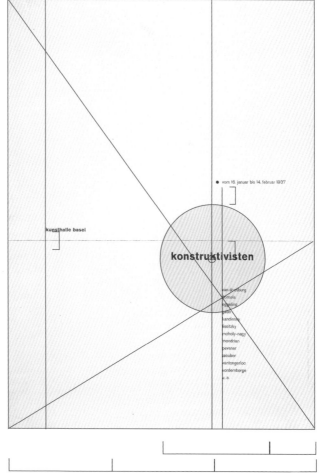

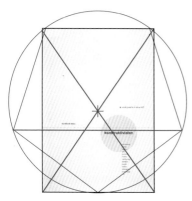

格式比例

這種較窄的矩形構圖為五邊形頁面(penta-gram page)格式,亦即從一內接於圓形的五邊形延伸而得的版面。此五邊形上緣為該矩形的寬邊,五邊形底角則頂住矩形的底部。在海報上的水平線位置,即為五邊形兩側邊角連接的線段位置。

「專業攝影」（Der Berufsphotograph）海報　契霍爾德（Jan Tschichold），1938 年

這張海報是1938年由契霍爾德為一群專業攝影師的作品展所設計的，雖然事隔多年，這張海報在概念與構圖上依舊堪稱經典。為呼應展覽主題，海報設計為以負片方式抽象呈現了女性的影像，將觀者注意力吸引至「攝影」這個意象，而非僅只是一張女性圖像而已。海報主標題「der berufs-photograph」以不同色調呈現，這種作法是將不同的黃、紅、藍三種墨色套用於印刷滾筒上，當滾筒旋轉時，三種墨色便得以混合調色。這種在字體樣式上套用如彩虹般墨色的表現主義風格，在契霍爾德的作品中較少出現，他的作品其實多半帶有形式主義的風格。不過，他對非對稱與功能性字體的偏好，仍然出現在海報中那些細心對齊的幾何元素，以及字體間的相互關連性。

√2矩形的相互關連

√2矩形的細分圖位於海報
上方,由二次分割矩形角落
畫出的對角線,平分且穿過
照片中人像的眼睛。

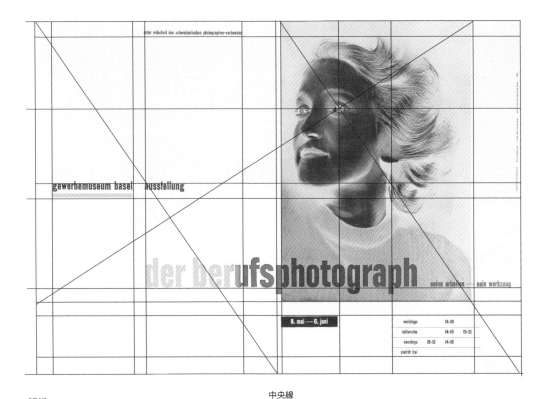

中央線

解析

負片影像位置恰好位在√2矩形的海報版面中央線右側,人像
左眼被細心地安排在對角線的核心,以統整海報各元素的排
列。影像的高度與寬度,也與海報各元素的位置相呼應。

「夾板椅」（Plywood Chair） 查爾斯‧伊姆斯（Charles Eames），1946 年

雖然伊姆斯申請到主修建築的全額獎金，但他仍在兩年的學院生涯後，離開了聖路易的華盛頓大學。原先他所接受的藝術學院教育是根基於傳統理論，與他後來對現代主義及萊特（Frank Lloyd Wright，1867-1959）建築的興趣大相逕庭。然而，在他一生中，他仍然感謝這些傳統藝術的訓練，讓他得以掌握比例與建築的經典原則。

這張夾板椅是伊姆斯為了「紐約現代藝術館」（Museum of Modern Art）在 1940 年資助的「有機家具競賽」（Organic Furniture Competition）而設計。設計過程中，伊姆斯及建築師同事沙利南（Eero Saarinen，1910-1961）努力尋求將各種有機形式整合成完整的個體，而最後出爐的成品擁有美麗的曲線，緊緊抓住了裁判的目光。除了開發出 3D 塑型夾板的創新科技，此作品還運用了夾

夾板椅
上圖為全夾板型；而右圖夾板加金屬型。夾
板椅設計了較低的躺椅形式與稍高的餐椅
形式兩種造型。

板與金屬結合的橡膠融合技術，這些都是此設計獲得首獎的原因。

這張椅子目前仍持續生產，也不斷自其他作品中衍生新意而加以改良。我們無法斷定該椅的比例與黃金分割矩形的關係，是否原本就存在於設計師的理念中，但伊姆斯曾受傳統藝術的薰陶，加上與沙利南的合作關係，都讓這項猜測變得更為可信。

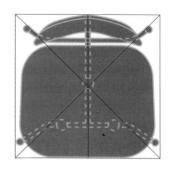

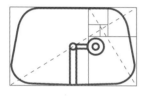

椅背（上圖）
椅背可以完美地含括入黃金分割矩形中。

椅子的比例（右圖）
餐椅的各組件的比例均大致符合黃金分割。

椅子各項細節比例
椅背角落與管狀椅腳的半徑，彼此間比例為 1:4:6:8。

A= 1
B= 4
C= 6
D= 8

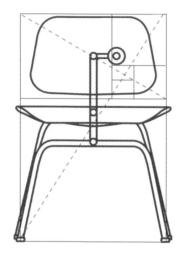

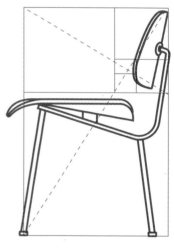

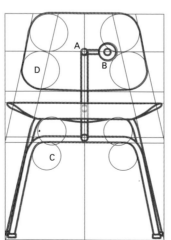

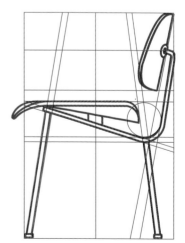

「具象藝術」（Konkrete Kunst）海報　馬克斯 · 畢爾（Max Bill），1944 年

「我認為完全以數學思考為基礎來發展某種藝術，是確實可行的。」——摘自畢爾 1949 年專訪，《當代印刷通訊》，1989 年。

畢爾一向被認為是集美術家、建築師、字體設計師於一身的人。他在包浩斯學校學習期間就教於華特 · 格羅佩斯（Walter Gropius）、莫霍伊 · 納吉（Moholy-Nagy）、約瑟夫 · 亞伯斯（Josef Albers）等大師，也受到機能主義（Functionalism）、風格派（De Stijl）及正統數學體制的影響，在創作上極富特色。一九二〇年代風行的風格派特色是以水平與垂直線條對空間作極嚴格的分割，但到了 1944 年畢爾設計此作品時，對這種風格的要求已不再那麼嚴格。這件作品雖仍舊分割了空間，但所使用的方式換成了圓形與弧形，也逐漸包容圓形與對角線的使用。此外，畢爾也將幾何抽象方式運用在字體元素的處理上。

√2建構（右方左圖）

√2矩形的構成直接與圓形位置相關，其對角線中分了大圓形與最小圓形，而最小圓形的位置則正位在√2矩形的正方形邊線上。

圓形比例（右方右圖）

三個圓形的比例為1：3：6。

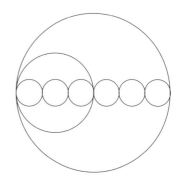

解析

最小圓形的直徑為海報寬度的1/3，海報寬度則等於中圓形的直徑，以及大圓形直徑的1/6。最小的幾行字體對齊最小圓形的圓心垂直線，而最大的兩行字體，上行對齊了最小圓形與大圓形切點的垂直線，下行則對齊最小圓形的邊界。

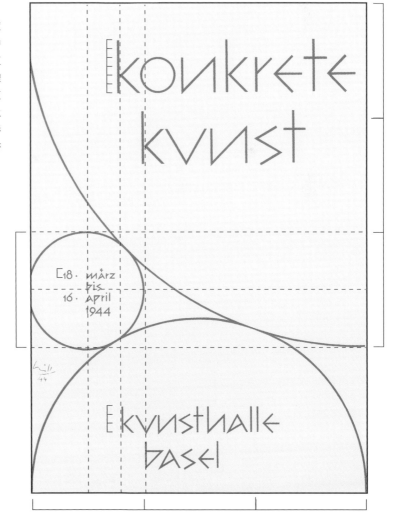

字體形式為手動調整產生，格式則依據海報所用相同的√2矩形原則來製作。每個字母圖形都與√2矩形有直接的幾何關連，並以特定模組化的方式呈現。這種字型也運用於畢爾的其他海報作品，以及1949年他自己的設計展上。

字型建構

以矩形裡的正方形上下邊來建立字母的基線與中線（小寫「x」字母的高度）。上升字（部分筆畫高過基線，例如k）與下降字（部分筆畫低於基線，如p、y）則由√2矩形的長邊來定義。這些筆劃大致由控制在45度角的幾何圖形建構而成，例外的情況有「s」字母的30度與60度角，以及字母「a」與「v」的63度角。字母「m」則由上兩個√2矩形，也就是將字母「n」重複兩次而成。數字的部分也由相同的建構方式產生，利用正方形內完整的圓形，作為組成數字所需的較大圓形。

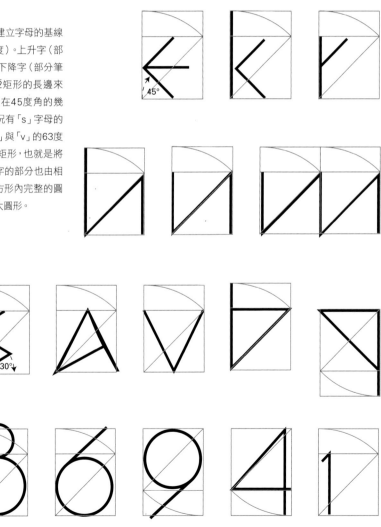

不同大小字體的比例
就單一字母的大小來看，其
比值亦是相同的1：3：6。

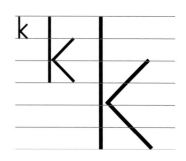

「佩斯那、梵騰蓋洛、畢爾」
（ Pevsner, Vantongerloo, Bill ）
海報——畢爾，1949 年
這張海報設計的時間晚於「具象
藝術」海報四年，但也使用了同樣
的字體形式建構。不過畢爾為了這
次展覽，還對這種字體結構稍作
修改，此字體至今在倫敦的鑄造
廠裡仍然可以找到。

「伊利諾理工學院禮拜堂」（Illinois Institute of Technology Chapel）
密斯 · 凡德羅，1949-1952 年

密斯最為人知的建築作品，多屬以鋼鐵與玻璃帷幕建構的摩天大樓。這位崇尚比例系統的大師所蓋的這些摩天大樓，在形式與比例上都相當接近，因此可以將它們定義為一種特定的建築類型。密斯曾任伊利諾理工學院建築系主任二十年，這段期間，他的設計布滿了整個校園，為後代留下許多建築物。

「伊利諾理工學院禮拜堂」便是他在建築規模較小的情況下，妥善運用比例的極佳案例。整個禮拜堂建築立面運用了黃金分割比例 1：1.618，或約 3：5 左右的比例。該建築依黃金分割原則，完美地細分出五個直欄區塊，而當這些矩形依相同模式重複時，整棟建築物平面便會成為一個 5x5 的矩形模組。

伊利諾理工學院禮拜堂
（上圖）從外部看前方建築立面。
（右圖）建築物內部。

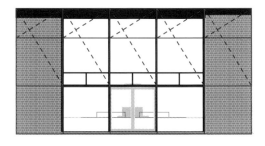

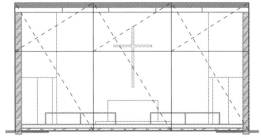

黃金分割比例

從這些圖片裡，我們很容易看出黃金分割比例的運用。左上圖為禮拜堂的前方立面，可被細分為一系列的黃金分割矩形，包含了上方大窗與懸在上方的小格氣窗，而下方的大窗則為正方形結構。右上圖為由內部看向聖壇區的分割示意圖，可以看出從邊緣算起的聖壇區正立面，是以三個黃金分割矩形所構成。

從右下方的平面圖來看，禮拜堂邊緣剛好圍成一個完美的黃金分割矩形。此黃金分割矩形內的正方形區域是集會區，而二次黃金分割矩形的區域，即為禮拜堂的聖壇、服務區及儲藏室。這兩塊區域的分隔，是藉由聖壇區與欄杆所在的一小塊高臺作出區分。原先的禮拜堂設計裡並不包含座位區，不過後來還是加上了座位。

左頁這張照片的拍攝時間約於1950年，可惜近幾年來，禮拜堂不光是換錯了窗戶，維修的部分也不盡完善。參觀者到現場時，可能無法看到如左頁照片一般的禮拜堂了。

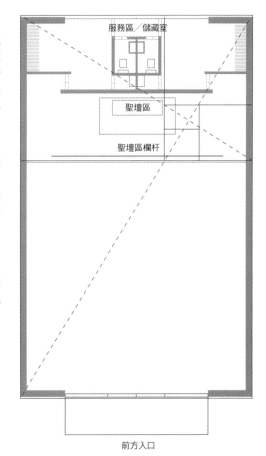

「貝多芬」（Beethoven）海報　約瑟夫 · 慕勒 · 布洛克曼（Josef Müller-Brockmann），1955 年

「正統設計元素的比例及各設計元素間的距離，多半會伴隨數學級數的相關邏輯概念而定。」
——布洛克曼，《圖像藝術家與他的設計難題》（*The Graphic Artistcand His Design Problems*），1961 年。

布洛克曼以「瑞士派國際風格」（Swiss International Style），或稱「國際版面編排風格」的支持者聞名。他在1940至1950年間所設計的市政

廳音樂會海報，便展現了「格線體系」的視覺結構，也是他一貫設計準則的主要作品。

這張海報作為一個概念性作品，其在同心圓弧的幾何律動，多與數學體系或音樂結構產生直接的關聯，因而這件作品的各個結構與每個元素的大小、配置與相關位置都有理可循。布洛克曼利用各同心圓弧在比例上的多層次變化，別出心裁地

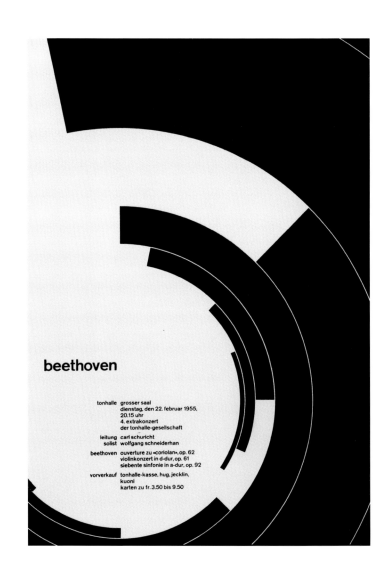

beethoven

tonhalle   grosser saal
           dienstag, den 22. februar 1955,
           20.15 uhr
           4. extrakonzert
           der tonhalle-gesellschaft

leitung   carl schuricht
solist   wolfgang schneiderhan

beethoven   ouverture zu »coriolan«, op. 62
            violinkonzert in d-dur, op. 61
            siebente sinfonie in a-dur, op. 92

vorverkauf   tonhalle-kasse, hug, jecklin,
             kuoni
             karten zu fr. 3.50 bis 9.50

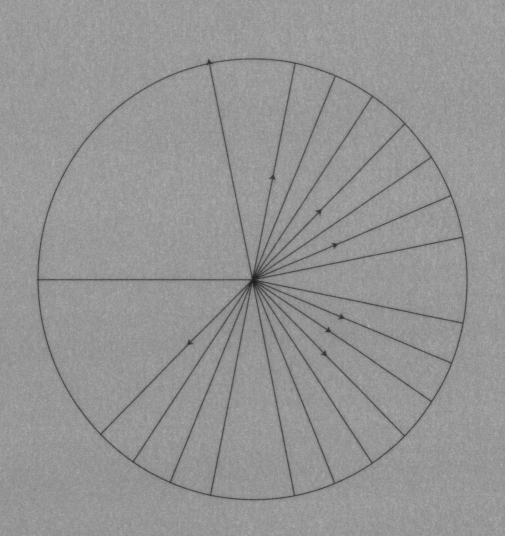

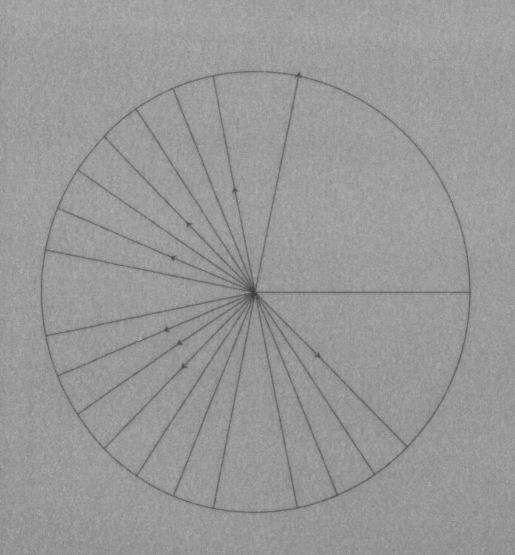

呼應了貝多芬音樂的戲劇性。布洛克曼的所有作品，都可以用相同的方式進行幾何分析，此外，數學規則與邏輯建構等方式，都常被運用在他的作品中。

解析

海報中同心圓的圓心恰好位在文字區塊的左上角，所有的扇形區塊，都是由從圓心延伸出的線條所構成。每個區塊的角度均以45度角為基本增量模組，最小的角度為1個模組的1/4，也就是11.25度。再大一點的是22.5度（1/2個模組），接著才是45度。

在圓弧沿中心點旋轉的同時，寬度的差異從1倍擴展到32倍，每次以兩倍的幅度增加。

齊左的文字區塊與左側垂直線，形成對齊用的軸線。而文字區塊最上方的水平線也形成一水平角度的軸線。

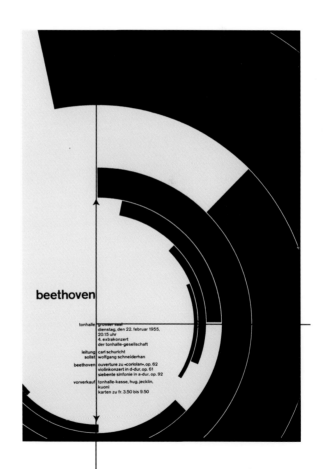

beethoven

tonhalle grosser saal
dienstag, den 22. februar 1955,
20.15 uhr
4. extrakonzert
der tonhalle-gesellschaft
leitung carl schuricht
solist wolfgang schneiderhan
beethoven ouverture zu «coriolan», op. 62
violinkonzert in d-dur, op. 61
siebente sinfonie in a-dur, op. 92
vorverkauf tonhalle-kasse, hug, jecklin,
kuoni
karten zu fr. 3.50 bis 9.50

角度的組成（右方左圖）

在第一個圓形內部置入正方形，便可輕易看
出設計時所規劃的比例與角度配置。

√2結構（右方右圖）

上方的√2建構圖可看出此海報形式可視為
一個√2矩形，而所有圓形的共同圓心位置，
就在正方形的下底線上。

圓弧比例

圓弧寬度的差異從1個單位擴展到32個單
位，每個圓弧是前一個圓弧的兩倍寬，增加
的過程即1、2、4、8、16、32倍。最寬的32
倍寬度圓弧，只稍微在海報右上角出現一些
部分作為提示。

原始製作圖

以下為布洛克曼所繪的原始草圖。

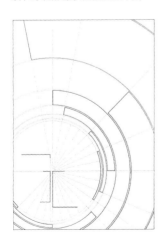

「音樂萬歲」(Musica Viva)海報　布洛克曼，1957 年

此為布洛克曼為「市政廳音樂會」製作的大量海報作品之一。1950 年代，布洛克曼大量實驗他的圖像結構設計理論，標榜以幾何元素為基礎，而不使用繪畫或裝飾的手法。因此這一系列的海報都是以幾何形式呈現，例如矩形、正方形、圓形、圓弧等作為視覺主題。這些海報在構圖上都經過非常仔細地安排，包括刻意為之的律動感及重複出現的海報元素等。

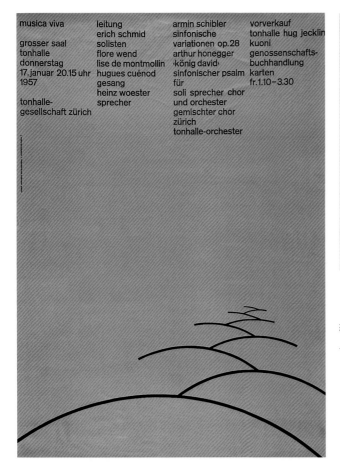

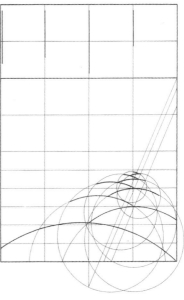

繪製草圖
上圖為海報設計之初的原始草圖。

「音樂萬歲」（Musica Viva）海報　布洛克曼，1958 年

布洛克曼這張同樣名為「音樂萬歲」的海報，也是出自「市政廳音樂會」系列，都是以幾何規劃為基礎。圓形是這張海報所使用的主要元素，整體布局則善用空間和比例關係。每個圓形都以比前一個較小圓形的 2 又 1/2 倍的面積出現，這點從圖表上也可看出，而最大的圓形則只出現了 1/4 的面積。

這張海報的版面由 √2 矩形構成，構圖起始的定點是先在上緣水平線畫出一圓弧，通過該圓弧下方邊界的水平線，便成為下一級圓形的中央水平線。而通過下一級圓形的中央垂直線，不僅靠齊文字欄，在本例格式中，也靠齊於前一較大圓形的邊界。

dienstag, den 7. januar 1958
20.15 uhr großer tonhallesaal
12. volkskonzert
der tonhalle-gesellschaft
zürich
als drittes konzert
im zyklus «musica viva»
leitung hans rosbaud
solisten alfred baum klavier
andré jaunet flöte

schweizerische erstaufführungen
andré jolivet
cinque danses rituelles
ernst krenek
zweites klavierkonzert
luigi nono
«y su sangre va vienne cantando»
musik für flöte und kleines orchester
bernd aloys zimmermann
sinfonie in einem satz

musica viva

karten fr. 1.-, 2.- und 3.-
vorverkauf tonhallekasse hug
jecklin kuoni
genossenschaftsbuchhandlung

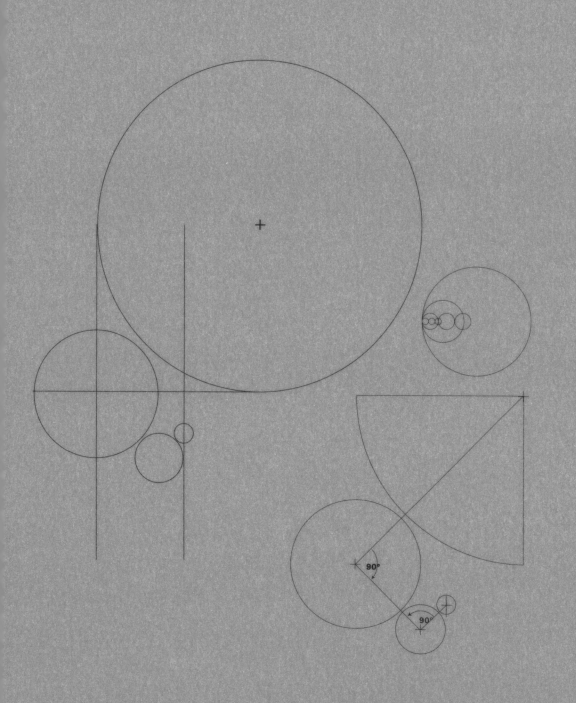

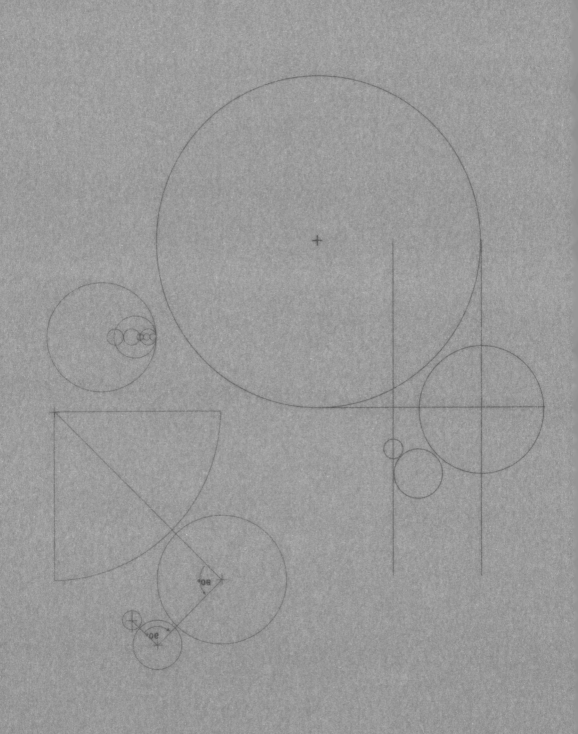

√2矩形建構與圓形位置

該海報的版面由√2矩形構成,其構圖過程以黑色線條表示。正方形的下底線,穿過第三大圓形的中央,同時也是第二大圓形下方的水平切線。下圖畫面上的黑色虛線正好將最大的兩個圓形分開。

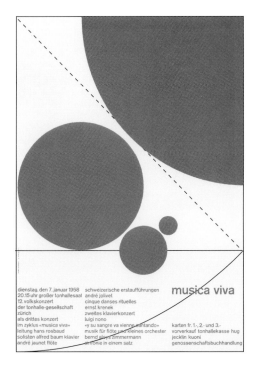

圓形比例

各圓形面積依次相比的比值為2：5。

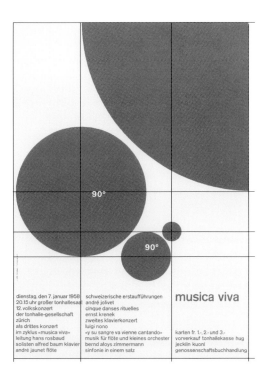

解析

各圓形的位置由正方形的對角線來決定,而彼此的圓心相對位置則呈90度角。「musica viva」這行小寫字型的高度,與最小圓形的比值為1：1.41,也就是√2的數值。而下方每個文字欄的寬度,則由不同圓形的邊界與中線來決定。

「柱腳椅」（Pedestal Chair） 埃羅 · 沙利南（Eero Saarinen），1957 年

沙利南對簡單、明確、統一形式的偏好，不僅表現在建築作品上，例如密蘇里州的「聖路易大拱門」（Gateway Arch），也表現在他的家具設計上，「柱腳系列」家具（Pedestal Group）就是一例。沙利南曾在與查爾斯·伊姆斯共同合作「夾板椅」系列作品獲得肯定，但他在「柱腳系列」作品對「有機形式」的追求與統一，才使得他真正聲名大噪。

沙利南希望將設計的本質簡化，並亟力避免讓桌腳與椅腳呈現所謂的「混亂狀態」。最後他研發出相當光滑且具現代感的形式，沒想到這樣的設計竟成為未來家具設計界的典範。

黃金橢圓

黃金橢圓的短軸與長軸的長度比例為1：1.62，接近黃金分割比例。有證據顯示，人類也十分偏好這種比例的橢圓形。

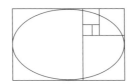

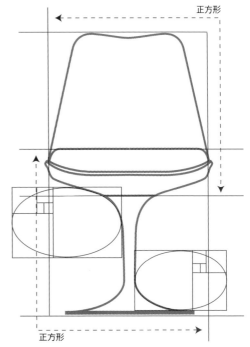

解析

從柱腳椅的前視圖（右圖）可看出整把椅子恰好可以輕易置入黃金分割矩形；從椅子的正前方來看，可以見到兩個重疊的正方形，下方的正方形包含底部到椅墊的區域，而上方的正方形則包含椅背往下至柱腳與椅墊相接處。

柱腳的上下弧線，無疑完美地符合了黃金橢圓比例。

側視與前視圖

從側面（右方左圖）或從正面（右方右圖）來看柱腳椅，都精準地切合黃金分割矩形。椅唇（指椅墊與椅座形成如同唇部的區域）正好位於黃金矩形的中心點。椅腳與椅座相接處，寬度大約為椅墊寬度的1/3。

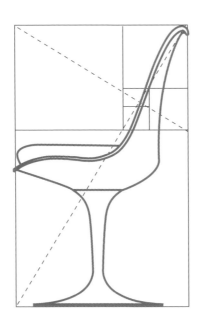

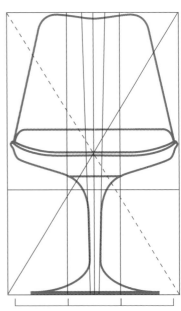

「設計師」（Vormgevers）海報　溫・克勞維爾（Wim Crouwel），1968 年

這張海報製作於1968年，遠早於個人電腦的發明。當時只有銀行會大量使用電腦處理事務，而本海報所使用的字體，與支票簿上機器可辨識的數字字型，有著極為相似的美學特徵。因此這張海報的字體既具早期機器判讀的「懷舊」功能，又可謂預測數位世代來臨的「先知」。此外，克勞維爾也預見了「螢幕」與「電腦」將會扮演推動印刷發展的重要角色。

這張海報版面屬於√2矩形，具有正方形格線底紋，並簡單明確地劃分為上下兩個區域。然而，在格線底紋中卻有複雜的一面，因為底紋裡的每個正方形，又以1/5的寬度向右方及上方旁移並重複一次。海報所用的字體形式是以「數位化」的方式建立，並以格線底紋的小正方形單位為基礎。旁移的格線決定了圓形轉角半徑，同時也成為字母筆劃的連接處。

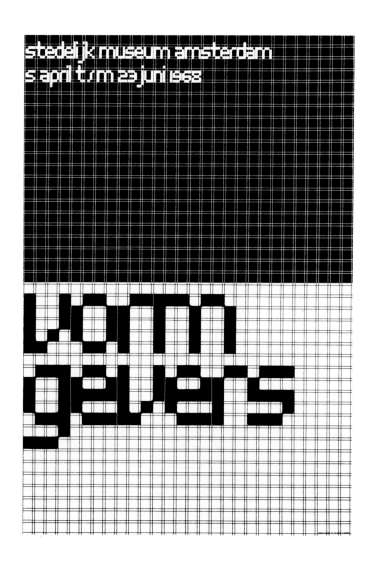

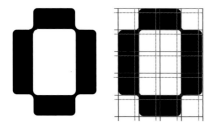 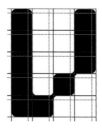 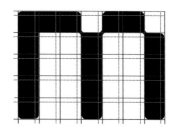

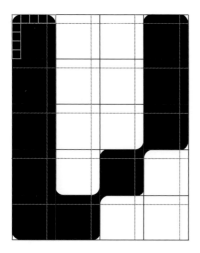

解析

海報字體形式的產生,是依圖中紅線所標示
出的格線來建構,再以距離每個正方形右上
角1/5寬度的旁移格線(圖中以灰線表示)
為半徑,將原先規整的正方形格狀曲線化。
使用格線的方式可為「數位化」的字體建
構出水平、垂直與對角線的筆劃。該字母體
系不分大小寫,字母與字母之間以極細的線
條作區隔。多數字母尺寸均以4x5格紋為基
礎,較窄的字母如「i」與「j」,僅占格線正
方形一格的寬度。海報上方的文字大小,是
海報下方文字面積的1/5。

「福森柏格瓷器」（Fürstenberg Porzellan）海報　英吉．卓克瑞（Inge Druckery），1969 年

卓克瑞在這張海報裡流暢地融入「福森柏格瓷
器」的優雅與柔美特質。這種字體形式屬於等寬
細長筆劃的幾何建構，而部分由曲線構成的字
母，特別是「u」與「r」，則展現出非對稱結構的
和諧感與歷久彌新的精緻感。

如同大部分二十世紀的歐洲海報，這張海報依舊
採用標準√2矩形的版面格式，海報上各元素均與
√2矩形關係密切。海報的水平中央線與垂直中央
線交點，正位於當觀者視線沿數字「1」的筆劃垂
直往下，接近大寫字母「A」的頂端。

Ausstellung der　　　　Öffnungszeiten:
Werkkunstschule Krefeld　Montag - Freitag 10 - 18 Uhr
29.11.68 bis 4.1.69　　　Samstag 10 - 13 Uhr

字體形式的建構

整組字母的基本結構建立在一個三等分的正方形中。最窄的字母占 1/3 個正方形，稍寬一點的字母占 2/3 個正方形，更寬一點的則占滿 1 個正方形，而最寬的字母則占4/3 個正方形。

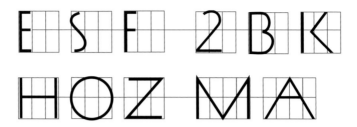

解析

「221 JAHRE PORZELLAN MANUFAKTUR FÜRSTEN-BERG」（福森柏格 221 年瓷器製作）這串字體形式的建構上，字母高度約為海報高度的 1/16；海報上方的小文字塊高度，恰好為字母基本結構正方形高度的 2/3。而瓷器製造者的標誌（海報左上方）設計為一個斜體字母「F」與一頂皇冠，其長寬則是基本結構正方形的兩倍。

「馬雅可夫斯基」（Majakovskij）海報　布魯諾・蒙各齊（Bruno Monguzzi），1975年

註：馬雅可夫斯基為俄國詩人及劇作家，1893-1930。

蒙各齊汲取早期俄國「建構主義者」（Constructivists）的精神，將之運用在米蘭舉辦的「俄國藝術家作品聯展」海報設計裡，讓這張海報充分反應了1920年代俄國建構主義的革命性理念。蒙各齊以紅、黑、灰的嚴謹配色方式，加上45度角的厚重矩形色塊，讓整張海報呈現出相當的「實用主義」，而這也正是建構主義者的特徵之一。

蒙各齊以獨到的創作眼光，選擇了相同的非襯線字體（sans serif typography）及實用主義的技巧來製作海報。他先將三位著名藝術家的名字：Majakovskij（馬雅可夫斯基）、Mejerchol'd（梅耶赫德）及Stanislavskij（史坦尼斯拉夫斯基）層層堆疊，作為展現海報力量的主視覺元素，並讓這些字體在對齊色塊的比例上均相同。而在空間的安排上，則藉由重疊色塊與透底的方式營造出層次感，透底的部分是將紅色色塊疊在灰色色塊上，導致重疊區域的顏色有所改變。

互為比例的海報元素

框住字體的三個色塊，其面積比例為2：3：
4；色塊內的字體也跟著色塊等比例縮小，
所以大小比例亦為2：3：4。

√2形式

我們可由利用√2矩形產生的圓形建構法，看
出包含在圓形裡的「x」交叉線，掌控了海報
的整體構圖。

解析

三個相疊的色塊面積比例為
2：3：4，色塊上字體的高度
亦為相同比例。每個色塊以
90度角的方式交錯，造成視
覺上的強烈張力。

「百靈攪拌機」(Braun Handblender)，1987 年

「百靈牌」電器產品一貫簡單高雅的設計風格，讓它們受到藝術家、建築師與設計師的青睞，其中更有許多產品都被紐約現代美術館（MOMA）列為永久收藏。百靈牌的設計通常運用乾淨、簡潔的幾何形狀為主體，外觀多為純白或黑色，操作起來簡單方便；也因為這些簡單的線條，讓每個產品都給人一種功能性「雕塑作品」的感受。

這些3D產品的工業設計，除了在視覺上運用了相似的設計原理，連圖像的安排，甚至整體機型的結構，也都有極高的幾何關連性。

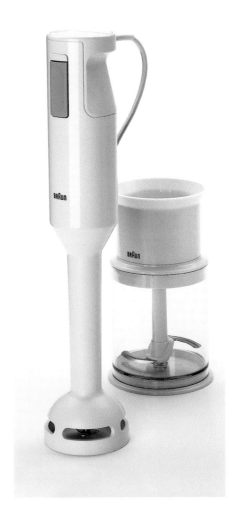

結構與比例

百靈攪拌機的握柄長度為整體高度的1/3，
按鈕與外觀各部位的圓弧半徑彼此相應。
不但外觀富含對稱的美感，甚至連廠牌標
誌的位置安排、大小尺寸，都精準地與其他
元素緊密相應。

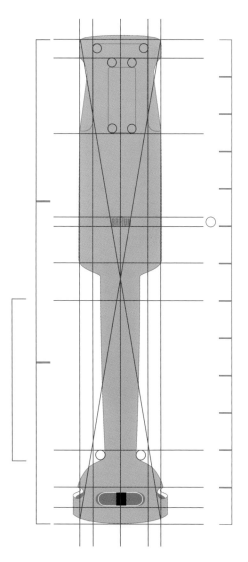

「百靈咖啡調理機」（ Braun Aromaster Coffee Maker ）

這款咖啡機同樣帶給我們百靈產品設計一貫的
「正確性」的感受。它在形式上同樣維持幾何外
觀，接近正圓弧的把手，恰如其分地強調其圓筒
外型。此外，廠牌標誌「BRAUN」的細節、大
小與位置，也精準地與其他各部位的元素緊密相
應。這種平面與 3D 組成形式的結合，讓該咖啡機
超越實用主義的範疇，提供使用者一種看待雕塑
作品的感覺。

結構與比例

咖啡機的外觀可細分為一系列的規則區域，每個區域的位置，均仔細地與其他區域保持協調。廠牌標誌「BRAUN」的位置，稍高於產品中心點；咖啡機圓筒狀的外型，與把手正圓弧的外型保持一致；而握把處的斜線，延伸對齊上方邊角（如圖）。這種元素間的對稱性，還可見於咖啡機下方的開關、咖啡壺刻度以及咖啡機上方的氣孔，三者的位置是對齊關係。

「圓錐茶壺」(Il Conico Kettle)　阿德‧羅西(Aldo Rossi)，1980-1983 年

義大利產品設計師阿雷希(Alessi)長久以來以生產眾多實驗作品，以及開發出劃時代的工業設計而聞名於世。阿雷希每生產一項產品，就像製作一件藝術品一般費時費工，其中當然包括這款羅西所設計的圓錐茶壺。羅西就像是概念藝術家，先發想作品的概念和形式，再開發製作技術，並主導整個產品的生產過程與細節。

這個茶壺藉由多種幾何建構統整而成，主壺身的形式為一正三角圓柱體，讓底部在接觸火源時，得以擁有最大受熱面積。該壺整體形式上可分為3x3格線構圖，上方1/3的壺身頂部放置了一個可愛的小圓球，該圓球除了方便使用者取開壺蓋，也在視覺上形成壺體上部3D結構的收束點。

中間 1/3 部分則包含了壺嘴與把手，把手延伸壺體的水平線條，並且垂直彎成一個直角。此把手形狀可視為一倒立的直角三角形，或是同範圍正方形的一部分。就是上述這些幾何形狀，包含圓錐體、三角形、圓形、圓球體與正方形等，完成了整體圓錐茶壺的構圖。

主要形式

茶壺的主要形式為「由等邊三角形所導出的圓錐體」，把手部分則為一倒立的直角三角形，亦可視作正方形的一部分。

幾何結構

整個茶壺可以3x3格線構圖來分析，上方1/3為壺蓋與小圓球把手；中間1/3為壺嘴與把手；下方1/3的底座部分，則確保壺身擁有最大的受熱面積。

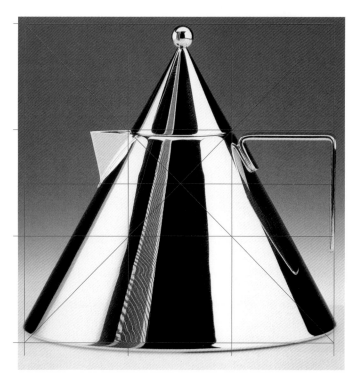

「福斯金龜車」（Volkswagen Beetle） 傑 · 梅司（Jay Mays）、富力曼 · 湯馬斯（Freeman Thomas）、彼得 · 希瑞爾（Peter Schreyer），1997 年

福斯新款的金龜車不太像是交通工具，反而像是跑在馬路上一座極為生動的雕塑作品，與其他廠牌汽車截然不同的是，它在視覺概念上將各種形式的表現，強烈地統合在一起，讓這部車不僅融合了幾何與懷舊的元素，更產生了一種既復古又未來的科技感。

整個車身可以適切地置入黃金橢圓上半部，側窗也重複使用黃金橢圓，車門則為黃金分割矩形的正方形部分，後車窗為二次黃金分割。車身表面各細節均為黃金橢圓切面或正圓形，甚至連天線的位置也位於前輪弧的切線角度上。

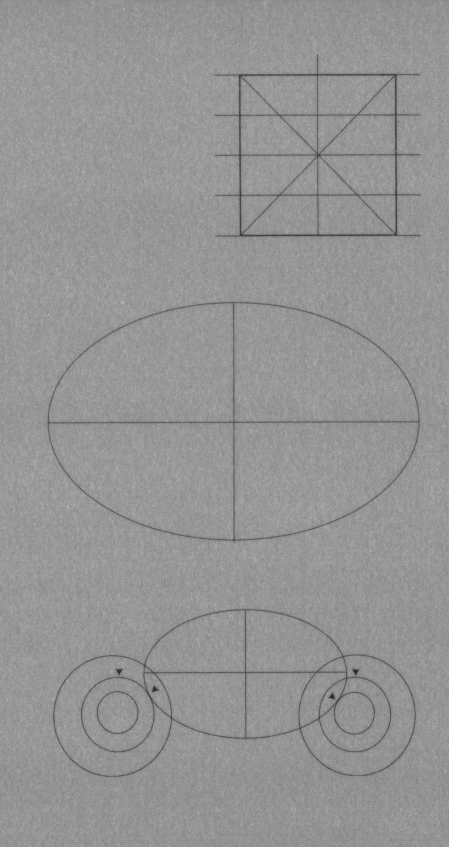

前視圖

從前方看這部車子，相當接近一正方形，所
有元素均對稱排列。車蓋上的福斯標誌，位
於正方形的中心點。

解析

右圖是黃金橢圓內接於黃金
分割矩形的圖示，可看出整
個車身剛好符合此黃金橢圓
的上半部。黃金橢圓長軸對
齊車身底部，穿過輪胎中心
點的下方。

下圖為第二個黃金橢圓包住
車身側窗，該橢圓與前輪外
弧及後輪內弧相切，其長軸
又與前後輪胎相切。

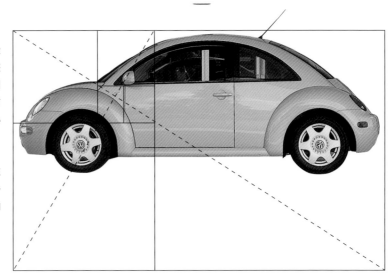

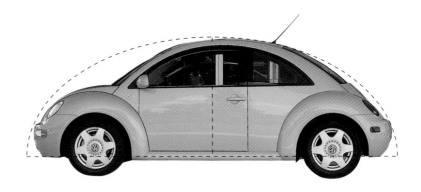

後視圖

從後面看這部車子，整個車體亦可填入一個正方形。同樣地，福斯標誌接近正方形中心點，所有的外觀元素均對稱排列。車身的橢圓構圖亦可在其他元素上找到，例如車頭燈與尾燈均為橢圓形，但它們因位於車身曲線上，因此在外觀上看起來接近圓形。車身的把手部分也是由內凹圓形構成，並在中分圓形的把手上，以該圓半徑的距離，安裝上圓形的門鎖。

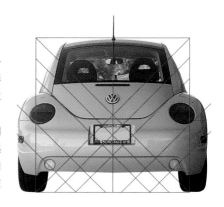

天線

天線的角度延伸線與與前輪圓弧相切，天線的位置則對齊後輪圓弧的垂直切線。

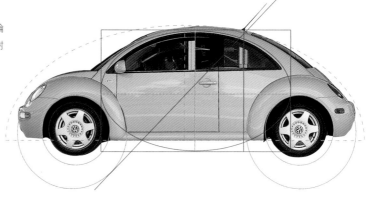

後記

柯比意《模距》,1949年

「校準線的運用,並非在設計的過程中刻意為之,而是因應構圖的需求所選擇使用的特殊形式,整套系統可說已規劃完成並真實存在。然而,這些校準線只可用來建立秩序、辨識幾何上的層次平衡,以達到真正純化精鍊的設計目標,卻無法為作品帶來任何詩意或情感的表達,也無法啟發作品的靈感;它們只用來建立平衡,為作品產生彈性、純化與簡潔的構圖,僅此而已。」

柯比意所言甚是,幾何構圖本身並不提供動態概念或靈感,它的功能在於為創意提供組合的過程、形式上的互動,以及達成視覺平衡,屬於將創作元素凝聚結合的一套體系。

雖然柯比意認為,幾何結構可憑直覺獲得,但根據我的研究,對於設計與建築而言,幾何結構並非出自直覺,而較像將所學知識仔細推敲後的運用成果。本書中,我們分析了許多藝術家、設計師、建築師的作品,也證明了其中的幾何學關連性;而這些創作者,其中不乏像身兼教育者的柯比意、布洛克曼、畢爾等大師,也同樣將幾何結構的規劃基礎,視為設計過程中的基本要求。

建築學與幾何結構之間,一向有著最密切的關連,因為它們在本質上都需要建構秩序與效率,以及達到美感愉悅的要求。然而就藝術與設計這兩門學問而言卻非如此;大部分教授藝術與設計課程的學校,討論到有關幾何結構時,多半都會在美學史的課程裡提到帕德嫩神廟(Parthenon)與黃金比例的關係,然而這類論述也僅止於此。這是因為學校在規劃教育課程時,已將不同學問分門別類所致。

生物學、幾何學與藝術,都分屬於不同的教學科目,彼此內容重複的部分,通常也最容易被忽視,因此學生往往被迫得自行連結這些學問之間的關連性。尤其在藝術與設計的課程裡,教學往往著重於自覺的行為與個人靈感的表現,而忽略上述的關連性,乃至於很少有老師會將生物學或幾何學帶進畫室;也很少有老師將藝術學或設計學帶進科學或數學教室裡。《設計幾何學》一書,便是我抱著為視覺設計系的學生整合設計學、幾何學、生物學等課程的初衷,所產生的成果。

金柏麗・伊蘭姆

致謝

編輯
克里斯多福　R. 伊蘭姆（Christopher R. Elam）
多倫布爾（Trumbull），康乃迪克州

數學編輯
大衛・慕林博士（Dr. David Mullins）
數學系副教授
南佛羅里達大學新學院

特別致謝：

瑪麗 R. 伊蘭姆（Mary R. Elam）
夏洛特（Charlotte），北卡羅萊納州

喬耐特・伊薩（Johnette Isham）
鈴林藝術設計學院

傑夫・麥登州（Jeff Maden）
佛羅里達州車商

彼得・麥格（Peter Megert）
視覺語法設計公司
哥倫布（Columbus），俄亥俄州

愛倫・諾瓦（Allen Novak）
鈴林藝術設計學院

吉姆・史基那（Jim Skinner）
沙拉索達（Sarasota），佛羅里達州

珍妮佛・湯姆森（Jennifer Thompson）編輯
普林斯頓建築出版社

佩基・威廉斯（Peggy Williams）貝殼研究學者
沙拉索達，佛羅里達州

資料提供

布魯諾・蒙各齊「馬雅可夫斯基」海報分析，參考自鈴林藝術設計學院，安娜・柯麥特（Anna E. Cornett）原作。

喬爾斯・謝瑞「女神遊樂廳」海報分析，參考自鈴林藝術設計學院，提姆・羅恩（Tim Lawn）原作。

圖片提供

「伊利諾理工學院禮拜堂」照片—海德瑞可・布雷新（Hedrich Blessing）攝影，芝加哥歷史社提供。

卡山卓爾「激進新聞」海報
梅理爾・波曼（Merrill C. Berman）收藏

卡山卓爾「貨車酒吧」海報
梅理爾・波曼（Merrill C. Berman）收藏

傅立茲・施萊佛「包浩斯展覽」海報
梅理爾・波曼（Merrill C. Berman）收藏

契霍爾德「專業攝影」海報
梅理爾・波曼（Merrill C. Berman）收藏

契霍爾德「建構主義者」海報
梅理爾・波曼（Merrill C. Berman）收藏

畢爾「佩斯那、梵騰蓋洛、畢爾」海報
梅理爾・波曼（Merrill C. Berman）收藏

湯姆・波維斯「搭倫敦東北鐵路到東岸」海報
維多利亞與亞伯美術館收藏（Victoria & Albert Museum）

「阿特米遜角宙斯像」照片
希臘文化部提供

「福森柏格瓷器」海報
英吉・卓克瑞提供

馬克斯・畢爾「具象藝術」海報
蘇黎士設計美術館（Museum für Gestaltung）提供

馬克斯・畢爾「非洲黑人藝術」海報
蘇黎士設計美術館（Museum für Gestaltung）提供

約瑟夫・慕勒・布洛克曼「貝多芬」海報
西思科・堯斯卡瓦相片提供

約瑟夫・慕勒・布洛克曼1958年「音樂萬歲」海報
吉川岩崎相片提供

約瑟夫・慕勒・布洛克曼1957年「音樂萬歲」海報
吉川岩崎相片提供

「多立普羅斯／持矛者」約西元 440 年羅馬複製品
奧斯丁德州大學「傑克布蘭敦藝術博物館」（Jack S. Blanton Museum of Art）及威廉・貝托（William J. Battle）石膏鑄模收藏。攝影：法蘭克・阿姆斯壯（Frank Armstrong）與比爾・甘迺迪（Bill Kennedy）。

「松果」、「貝殼」、「百靈咖啡機」
攝影：亞倫・諾瓦克（Allen Novak）。

杜勒「人體內接於圓形中」
繪於1521年以後。出自《德瑞斯登作品全集》（The Complete Dresden Sketchbook），多佛出版公司（Dover Publications, Inc.），1972年。

「皮瑞斯港軍倉立面」重繪
諾特丹，1916年。摘自柯比意《邁向新建築》，多佛出版公司，1986年。

費希納圖表
《神聖比例：數學之美研究》（The Divine Proportion: A Study In Mathematical Beauty），韓特立（H. E. Huntley）著，多佛出版公司，1970年。

喬爾斯「求職」、「女神遊樂廳」海報
《喬爾斯・謝瑞的海報》（The Posters of Jules Chéret），露西・布羅都（Lucy Broido）著，多佛出版公司，1992年。

達文西「圓形中的人體」
《達文西的繪畫》（Leonardo Drawings），多佛出版公司，1980年。

「柏諾椅」
密斯・凡德羅設計，諾爾家具公司（Knoll）提供。

「巴塞隆納椅」
密斯・凡德羅設計，諾爾家具公司提供。

「柱腳椅」
埃羅・沙利南設計，諾爾家具公司提供。

「躺椅」
柯比意設計，1929年。美國卡希納家飾公司（Cassina）提供。

「夾板椅」
查爾斯・伊姆斯、埃羅・沙利南設計。赫曼・米勒家具公司（Herman Miller）提供，菲爾・沙斯瑪攝影。

「圓錐茶壺」
阿德・羅西設計，阿雷西出品。

「百靈攪拌機」
百靈公司相片提供。

福斯「新金龜車」
美國福斯汽車公司提供。

參考書目

Alessi Art and Poetry, Fay Sweet, Ivy Press, 1998

A.M. Cassandre, Henri Mouron, Rizzoli International Publications, 1985

Art and Geometry, A Study In Space Intuitions, William M. Ivins, Jr, 多佛出版公司，1964

Basic Visual Concepts and Principles for Artists, Architects, and Designers, Charles Wallschlaeger, Cynthia Busic-Snyder, Wm. C. Brown Publishers, 1992

Contemporary Classics, Furniture of the Masters, Charles D. Gandy A.S.I.D., Susan Zimmermann-Stidham, McGraw-Hill Inc., 1982

The Curves of Life, Theodore Andrea Cook, 多佛出版公司，1979

《神聖比例：數學之美研究》（The Divine Proportion: A Study In Mathematical Beauty）, H. E. 韓特立（H. E. Huntley）著，多佛出版公司，1970 年。

The Elements of Typographic Style, Robert Bringhurst, Hartley & Marks, 1996

50 Years Swiss Poster: 1941-1990, Swiss Poster Advertising Company, 1991

The Form of the Book: Essays on the Morality of Good Design, Jan Tschichold, Hartley & Marks, 1991

The Geometry of Art and Line, Matila Ghyka, 多佛出版公司，1977

《圖像藝術家與他的設計難題》（The Graphic Artist and His Design Problems）, 約瑟夫・慕勒・布洛克曼（Josef Müller-Brockmann）著，亞瑟妮格立公司（Arthur Niggli Ltd.）出版，1968 年。

Grid Systems in Graphic Design, Josef Müller-Brockmann, Arthur Niggli Ltd., Publishers, 1981

The Golden Age of the Poster, Hayward and Blanche Cirker, 多佛出版公司，1971

A History of Graphic Design, Philip B. Meggs, John Wiley & Sons, 1998

杜勒「人體內接於圓形中」（Man Inscribed in a Circle），《德瑞斯登作品全集》（The Complete Dresden Sketchbook），華特・史特勞斯編輯，多佛出版公司，1972年。

Josef Müller-Brockmann, Pioneer of Swiss Graphic Design, Edited by Lars Müller, Verlag Lars Müller, 1995

Leonardo Drawings, 多佛出版公司，1980

Ludwig Mies Van Der Rohe, Arthur Drexler, George Braziller, Inc., 1960

Mathographics, Robert Dixon, 多佛出版公司，1991

Mies Van Der Rohe: A Critical Biography, Franz Schulze, The University of Chicago Press, 1985

The Modern American Poster, J. Stewart Johnson, The Museum of Modern Art, 1983

The Modern Poster, Stuart Wrede, The Museum of Modern Art, 1988

《模距一、二集》（The Modulor 1 & 2），柯比意著，哈佛大學出版（Harvard University Press），1954 年。

The Posters of Jules Chéret, Lucy Broido, 多佛出版公司，1980

The Power of Limits: Proportional Harmonies in Nature, Art, and Architecture, György Doczi, Shambala Publications, Inc., 1981

Sacred Geometry, Robert Lawlor, Thames and Hudson, 1989

Thonet Bentwood & Other Furniture, The 1904 Illustrated Catalogue, 多佛出版公司，1980

The 20th-Century Poster：Design of the Avant-Garde, Dawn Ades, Abbeville Press, 1984

20th Century Type Remix, Lewis Blackwell. Gingko Press, 1998

《邁向新建築》（Towards A New Architecture），柯比意著，多佛出版公司，1986 年。

Typographic Communications Today, Edward M. Gottschall, The International Typeface Corporation, 1989

廣告回信
台灣北區郵政管理局登記證
台北廣字第000791號
免貼郵票

積木文化

104 台北市民生東路二段141號2樓

英屬蓋曼群島商家庭傳媒股份有限公司　城邦分公司

地址

姓名

請沿虛線摺下裝訂，謝謝！

積木文化

以有限資源，創無限可能

———————————

編號：VQ0014　　書名：設計幾何學

積木文化　讀者回函卡

積木以創建生活美學、為生活注入鮮活能量為主要出版精神。出版內容及形式著重文化和視覺交融的豐富性，出版品包括珍藏鑑賞、藝術設計、居家生活、飲食文化、食譜及家政類等，希望為讀者提供更精緻、寬廣的閱讀視野。

為了提升服務品質及更了解您的需要，請您詳細填寫本卡各欄寄回（免付郵資），我們將不定期寄上城邦集團最新的出版資訊。

1.您從何處購買本書：_____ 縣市 _____ 書店

　　□書展 □郵購 □網路書店 □其他 _____

2.您的性別：□男 □女　您的生日：_____ 年 _____ 月 _____ 日

　　您的電子信箱：_____

　　您的身分證字號：_____

　　您的聯絡電話：_____

3.您的教育程度：

　　□碩士及以上 □大專 □高中 □國中及以下

4.您的職業：

　　□學生 □軍警/公教 □資訊業 □金融業 □大眾傳播 □服務業 □自由業

　　□銷售業 □製造業 □其他 _____

5.您習慣以何種方式購書？

　　□書店 □劃撥 □書展 □網路書店 □量販店 □其他 _____

6.您從何處得知本書出版？

　　□書店 □報紙/雜誌 □書訊 □廣播 □電視 □其他 _____

7.您對本書的評價（請填代號1非常滿意2滿意3尚可4再改進）

　　書名 _____ 內容 _____ 封面設計 _____ 版面編排 _____ 實用性 _____

8.您購買藝術設計類書籍的考量因素有哪些：(請依序1～7填寫)

　　□作者 □主題 □攝影 □出版社 □價格 □實用 □其他 _____

9.您購買雜誌的主要考量因素：(請依序1～7填寫)

　　□封面 □主題 □習慣閱讀 □優惠價格 □贈品 □頁數 □其他 _____

10.您喜歡閱讀哪些藝術設計類雜誌或書籍？

_____

11.您希望我們未來出版何種主題的藝術設計類書籍：

_____

12.您對我們的建議：

_____

_____

_____

_____